Para Clara, mi luz entre las largas
sombras de las letras.

¡Superhéroe por sorpresa!
Tú decides la aventura, 8

Apartado de correos 25049
28039 Madrid
www.editorialhidra.com

ISBN: 978-84-937296-7-7
Depósito legal: M-48604-2009

1ª edición, Noviembre 2009

Impreso en España / *Printed in Spain*

¡SUPERHÉROE POR SORPRESA!

José María Carrasco

**Ilustraciones interiores de
Dolores Okecki**

ADVERTENCIA

No leas este libro como un libro normal. De vez en cuando se te pedirá que tomes alguna decisión que afectará al desarrollo de la aventura. En este libro eres tú quien decide la aventura. Tú tendrás que tomar las decisiones, y de ellas dependerá que consigas tu objetivo o falles en el intento.

¡Superhéroe por sorpresa! 1

Por fin.

Has tenido que esperar mucho para poder venir a Macrópolis; sin hablar de la odisea que supuso convencer a tus padres, pero tras unas pocas horas de tren, estás aquí. ¡Y menuda ciudad!

Es aún muy temprano, pero la urbe bulle de actividad mientras presencias cómo las puertas del Súper Museo se abren para ti.

Cuando llegas a lo alto de la larga escalinata, descubres atónito que tanto peldaño tiene una gran recompensa. El panorama que ofrece la elevada terraza de la entrada, no tiene parangón: desde aquí puedes ver casi todos los rascacielos, repletos de ángeles que parecen sostener los salientes, balcones y terrazas; éstas últimas, abundantes, contienen verdaderos jardines cuyas plantas trepadoras evolucionan mezclándose con los mosaicos y relieves de las fachadas. Casi todos los edificios están unidos por puentes y pasarelas por las que circula el metro o el funicular, y luego están los dirigibles... Cientos de ellos, de muy variados diseños y sin apenas producir sonido, recorren los cielos de Macrópolis con ciudadanos, turistas o carteles publicitarios. Te cuesta trabajo dar la espalda a tan magnífica vista para dirigirte a las grandes puertas.

La entrada es paradójicamente lo más barato de todo, y cuando la coqueta y muy arreglada taquillera te entrega el ticket, parece notar la excitación que te envuelve.

—Creo que tenemos aquí a un auténtico superfan, Stan —comenta mirando de reojo en dirección a la puerta.

—Excelsior —contesta el portero; un señor alto, canoso y risueño que podría ser mayor que tu abuelo y se esconde tras unas amplias y modernas gafas de sol—. Dios sabe que necesitamos superhéroes de reserva.

2 ¡Superhéroe por sorpresa!

Sonríes halagado. Ciertamente te gustaría ser un superhéroe, pero tus padres insisten en que es una bobada de idea, y que a tu edad tienes que centrarte en estudiar. Ni siquiera te han querido acompañar a Macrópolis, aunque entiendes que están muy ocupados, y en vacaciones no están dispuestos a venir a la ciudad... Y sí, has sido tan pesado que han accedido a dejarte venir solo...

—Te permitiremos ir porque tienes la edad necesaria, cumples con tus obligaciones, y vamos a perder los nervios si vuelves a hablar del Súper Museo de marras —sentenció tu padre.

—De la estación de tren al museo y vuelta —añadió tu madre — y te dejamos ir porque los dos edificios son casi contiguos, que si no, ni pensarlo.

Para terminar, tu hermana mayor exigió una camiseta del museo a cambio de no acusar a vuestros padres de insensatos y permisivos... A ver qué hace cuando llegues con una de talla minúscula. ¡Ja! Quien ríe el último...

Y por fin estás dentro. La sala primera es un homenaje a los tres superhéroes más emblemáticos, ya retirados, de la edad de oro de Macrópolis: Caballero Bruma, Defensor Estelar y Criatura Vigilante. Una pantalla proyecta antiguos videos de noticias sobre sus hazañas y las paredes de la sala están forradas con sus fotografías. Sonríes al pensar que en eso, se parece a tu habitación. Sin embargo, contemplar las tres vitrinas del centro te deja sin aliento. Cada una contiene los objetos que otorgaban ventaja a los héroes que las portaban.

La del Caballero Bruma contiene a Bladestar, la espada encantada supuestamente entregada al héroe por el mismísimo Melkart. También guarda su capa morada.

7

La pistola de rayos, la mochila cohete y el casco de Defensor Estelar, se muestran en la vitrina central. Los diseños recuerdan a los antiguos seriales de Buck Rogers .

Y la vitrina de la izquierda tiene en realidad un inquilino, ya que guarda el cuerpo en animación suspendida del simbionte que otorgaba poderes a Criatura Vigilante. Nunca se aclaró si era extraterrestre o extradimensional, pero ciertamente todos estaban de acuerdo en que parecía una mezcla de medusa y araña. ¡Espeluznante!

Pasas un buen rato admirando los objetos y entonces piensas que es mejor seguir para asegurarte de verlo todo. Si sobra tiempo, puedes volver.

Así, te diriges a la puerta que comunica con la siguiente sala, pero entonces sucede algo inesperado. La megafonía advierte:

ACTIVADO EL MODO DE ALERTA

Y de repente, las puertas quedan selladas por gruesas planchas de metal que surgen del suelo.

"¿Qué diablos está pasando?" te preguntas sobresaltado.

Ahora los altavoces emiten extraños ruidos electrónicos, pero finalmente se concreta una voz:

—Todos los objetos expuestos en el museo quedan a partir de este momento indefinidamente confiscados por Lord Kaótico Phanegas. Si se oponen a mí, o a mis guerreros robots... ¡Serán aniquilados!

¿Lord? Pero si Kaótico Phanegas era sólo el ayudante del Doctor Perdición. Bueno, tal vez hizo algún curso por correspondencia después de que Ultranota pusiese a su jefe entre rejas. Una cosa es segura: por su voz tontuna no cabe duda, es él... Y tendrá que mejorar sus discursos cutres de magalomaníaco operístico, porque vaya tela.

Pero loco, tonto, torpe, o todo junto, si Kaótico Phanegas tiene el cetro de control de los robots del Profesor Perdición, ¡mal asunto!

De repente las luces fluctúan. Las planchas blindadas se retiran, aunque la puerta que da al exterior se mantiene cerrada. La pantalla de proyección se llena de interferencias y extraños símbolos cuando las vitrinas que contienen los objetos de los héroes se abren con un chasquido contundente. Enseguida lo entiendes. Kaótico Phanegas ha introducido un virus en el sistema para anular los cierres, y sus robots pueden ahora llevárselo todo... ¿O no?

Escuchas un extraño repiqueteo metálico reverberando por el museo... ¡Se acerca! No sabes por qué, pero de repente te estremeces. ¿Qué criaturas de pesadilla del Profesor Perdición habrá traído ese descerebrado de Phanegas? ¿No serán bajo su mando inexperto incluso más peligrosas?

Y en ese momento, con las tres vitrinas abiertas ante tus ojos, una locura cruza tu mente:

Puedes ir a la vitrina del Caballero Bruma, ponerte su capa y empuñar a Bladestar, pasa a la página 22.

O puedes elegir la mochila propulsora, el casco y la pistola de rayos del Defensor Estelar, ve a la página 25.

Aunque también podrías acercarte al ser que dio poderes a Criatura Vigilante en la página 28.

¿Qué puedes temer armado con Bladestar?

¡Al ataque!

Sales de tu escondite tras la base de la vitrina y te lanzas con la espada alzada a por el robot que te pilla más cerca. Éste reacciona agitando sus tentáculos e, instintivamente, asestas el primer mandoble contra el que más se te aproxima. Resulta extraño, porque aún siendo metal, Bladestar lo corta como si fuese una hortaliza. Sin embargo, enseguida te ves incapaz de atender a tanto apéndice en plena agitación, y es entonces cuando uno te golpea en el brazo derecho.

A pesar de haber sido de refilón, el impacto resulta fuerte y doloroso, aunque sin consecuencias graves. Frotando tu brazo con la mano libre, retrocedes un poco y te planteas si deberías seguir a espadazo limpio o tratar de ocultarte en la niebla que caracterizaba al héroe cuya capa llevas sobre los hombros. Una cosa está clara: jamás has recibido clases de esgrima. Los robots te apuntan ahora con sus tentáculos terminados en lo que crees, son proyectores de rayos láser.

Si optas por seguir a golpe de acero, ve a la página 43.

Si por el contrario deseas ocultarte, ve a la página 30.

De modo que te concentras otra vez en la idea de permanecer oculto, y la niebla púrpura empieza a extenderse desde el lugar que ocupas hacia todas las direcciones. Los jirones de niebla serpentean entre las estatuas como si estuviesen vivos. Es una imagen inquietante, pero no hay tiempo para los detalles, te estás jugando el pellejo y tal vez estés salvando muchas vidas.

Antes de que las brumas mágicas ocupen toda la sala, cuatro robots irrumpen en ella. En cuanto ven... (¿o habría que decir "no ven"?) la situación, hacen algo que no esperabas.

Parece que los procesadores de estos trastos infernales son capaces de simular un proceso de aprendizaje, o tal vez el pánfilo de Phanegas les haya ordenado cambiar de táctica. Como quiera que sea, en lugar de ponerse a tentaculear a través de la bruma, los robots no pierden un instante y empiezan a disparar con sus tubos láser.

Uno de los rayos casi te peina con la raya en medio. ¡Menudo peligro tienen los chipirones de chapa!

Cuando la niebla alcanza las escaleras, avanzas lentamente hacia ellas procurando usar las estatuas para cubrirte. Gracias a la réplica de Tiburón Tirano, te libras de una buena chamuscada, pero de su imagen no ha quedado ni para hacer de sardina traviesa.

Sigues avanzando, y después de ocultarte tras las reproducciones de Parlante Rayante y Trituramundos, llegas junto a las escaleras. Es entonces cuando sientes que algo tira de tu capa. Te agachas justo a tiempo de evitar que un tentáculo te atrape por el pescuezo, pero el robot te alza del suelo tirando de la capa como si fueses una marioneta. Como no te hace ni pizca de gracia, y te gusta aún menos cómo te señala ese tentáculo afilado, sueltas un revés de espada que corta el que te tiene en vilo.

¡Justo a tiempo! El otro tentáculo aguijonea apenas unos palmos por encima de tu cabeza. Nada interesado en continuar esta discusión, aprovechas para cortar algunas de sus patas de araña y correr hacia las escaleras con las tuyas. El robot no puede seguirte, y con eso te das por satisfecho mientras subes los escalones de dos en dos. La niebla se arremolina a tu alrededor mientras subes envuelto en un irreal silencio, y recuerdas que según tus cromos coleccionables sobre el Caballero Bruma, otra de las virtudes de su niebla mágica es absorber el sonido, algo encomiable si quieres moverte con sigilo.

¿Y ahora qué? Se supone que deberías buscar al lamentable de Phanegas y arrebatarle su cetro...

—Pero tú no eres más que un muchacho que acaba de robar los objetos mágicos de un mago —parece decirte el Capitán Batracio desde su hornacina del descansillo de la escalera.

"¡Eh! Que yo no he pedido meterme en esto...". Será mejor que dejes de imaginar conversaciones con las estatuas, hay demasiadas.

Bajo la capucha, puedes ver el final de las escaleras. Dan a un pasillo circular que rodea el gran jardín central del museo y desde el que podrías acceder a multitud de salas... si no fuera por ese ogro de combate que te espera maza en mano.

Rugosa piel tan dura como la de un rinoceronte, músculos de gorila, una maza de hierro que no podrían mover tres butaneros, la típica babeante bocota provista de dientes desordenados y amarillos acostumbrados a triturar cráneos... Mientras tu vista se deleita en esos detalles, comprendes que Kaótico Phanegas se ha cansado de recibir informes de robots destruidos. Es evidente que ya se ha hecho con el espejo de la legendaria bruja Baba Yaga, que se expone en la planta tercera, y del que cualquiera puede extraer toda suerte de

criaturas mágicas a razón de (menos mal) una cada día.

Pero, ¿para qué necesita más? A tu espalda aumenta el repiqueteo de metal sobre mármol producido por los robots, y frente a ti está ese monstruo que sólo con su fétido aliento ya amenaza con tumbarte.

Vas a tener que hacer algo y no dispones de mucho tiempo para pensarlo. De momento, ya te ves obligado a saltar a un lado para evitar el mazazo que el ogro, probablemente siguiendo su fino olfato, ha decidido descargar frente a sí. Un escalón se parte con estruendo bajo el brutal cachiporrazo y toda la escalera tiembla. La gran estancia retumba. Los cristales de las ventanas vibran de tal modo que algunos se resquebrajan, y el rugido de la insatisfecha criatura te pone los vellos de punta. Parece que no está acostumbrado a fallar, y mira con descontento su arma al constatar que no está manchada con los restos de esa pequeña criatura que sin duda le pareces.

No llegas a ver el cofre de plata que ocultaba el interior del escalón roto.

Podrías bajar. Debe de haber una decena de robots, pero tal vez puedas abrirte paso y escapar. Si lo ves así, vete a la página 33.

Aunque ahora que el ogro alza de nuevo su maza, quizás podrías agacharte para pasar entre sus piernas, corre hasta la página 14.

Cierras los ojos y te concentras todo lo que puedes en una sola idea: ¡Ocultarte! Envolverlo todo en la espesa niebla mágica del Legendario Caballero Bruma, de quien portas su noble capa.

Y así ocurre. La niebla recorre con premura los pliegues de la capa como si fueran cauces crecidos. Fantasmales girones de vapor púrpura reptan, se arremolinan y amontonan en todas direcciones. Para cuando Kaótico Phanegas comprende lo que está pasando, ya has quedado oculto a sus ojos.

Y entonces es cuando empiezas a escuchar los porrazos. De vez en cuando, un grito de guerra acompaña un golpe con su consiguiente estrépito de chatarra chocando y rebotando contra las paredes y el suelo. Debido a su origen sobrenatural y estricto entrenamiento, Amazing Amazon no necesita ver para luchar. De repente, algo silba justo por encima de tu cabeza y un fuerte sonido de metal aplastado precede la repentina laxitud del tentáculo que te sujetaba. ¡Eres libre!

Te calas la capucha y de inmediato puedes ver como si la niebla fuese tan sólo un juego de sombras tenues.

Anonadado, contemplas la implacable danza de la joven Amazona, que evoluciona en complejas piruetas mientras reparte contundentes y precisos golpes con su vara. Privados de la visión por la niebla, los robots caen uno tras otro. Finalmente, es un sudoroso y aterrado Kaótico Phanegas el que recibe un buen golpe en la mandíbula. El lamentable aprendiz de megalómano se desploma sin ni tan siquiera poder soltar un "ay".

A medida que la niebla se va retirando, vas descubriendo la bellísima figura de Amazing Amazon apoyada sobre su vara. Parece algo cansada y ajena al tentáculo provisto de aguijón que está a punto de golpearla.

Con un fluido movimiento, recoges a Bladestar del suelo y te lanzas hacia el robot que, aun yacente, parece conservar algunas funciones.

Has tomado mucho impulso y ahora adviertes que el suelo está manchado de lubricante para robots. Te arrodillas para aumentar tu estabilidad y resbalas varios metros hasta tu objetivo. Cuando pasas a su altura, descargas un certero golpe que secciona el tentáculo amenazador y también provoca un profundo corte en la cabeza con aspecto de calamar. Unas cuantas chispas y el robot queda completamente inerte. Amazing Amazon te observa con los ojos muy abiertos, y luego sonríe.

Te alegras de estar de rodillas, porque de otro modo estás seguro de que te habrían temblado las piernas.

Un buen rato después, los cuerpos especiales para asuntos metahumanos ya se han hecho cargo de todos los artefactos especiales del museo, y se llevan a Kaótico Phanegas bien esposado. Especialistas en tecnología de combate cargan los restos de robots en furgones blindados.

Mientras la joven amazona sube al aerodeslizador del Meta-Comando, no puedes creer que te acabe de guiñar un ojo, menos aún que te haya regalado un colgante de cristal mágico amazonio, y todavía menos, ¡que te haya dado su número de teléfono!

FIN

¡Ahora o nunca! Mientras el enorme ogro prepara un nuevo golpe maza en alto, te cuelas entre sus piernas subiendo los pocos escalones que te quedan para llegar a la segunda planta. Una vez a su espalda, decides que te sobra tiempo para dedicar una estocadita a sus posaderas...

—Toma, culo gordo. Búscate a otro para hacer tortillas... (¿Desde cuándo eres tan chistoso?)

Y con un aullido inesperadamente agudo, el ogro salta hacia delante tratando de apartarse del origen de su dolor. Al pie de la escalera, un puñado de robots analiza la rápida y no planificada aproximación de una gran cantidad de materia orgánica de dudoso origen...

Créenos; hemos buscado una onomatopeya lo bastante estruendosa como para colocarla aquí, pero finalmente decidimos dejar que la inventases tu mismo. (Procura no salpicar, y si estás en la biblioteca, usa la imaginación.)

Atónito, observas el montón de chatarra al pie de la escalera. El ogro, como suele ocurrir con las criaturas mágicas conjuradas para un momentáneo propósito que finalmente no logran, se ha convertido en cenizas poco después de hacer impacto contra los sirvientes metálicos de Kaótico Phanegas.

Oteas la segunda planta. Todo parece tranquilo entre la gran cantidad de criaturas extraordinarias de diverso origen que aquí se exponen. Algunas están disecadas y otras son fieles réplicas, pero no alcanzas a ver nada fuera de lugar. Te dispones a seguir subiendo cuando escuchas una especie de estornudo. ¿Pero cómo puede ser?

Espada en ristre, te acercas a los pedestales de muy diferentes tamaños que sostienen unicornios de Brendon, cangrejos

15

de Bogosfera, yetis del Everest, o... bueno, esa pequeña hada está dentro de un tarro; ¿pero quién o qué habrá hecho ese ruido?

Una cosa está clara, no tienes mucho tiempo antes de que Phanegas tenga todo un arsenal de artefactos de poder, así que te dispones a girarte y seguir tu camino cuando ves de reojo un indicio de movimiento. ¿Ha sido el hada?

Habías supuesto que el hada estaba conservada en formol, pero ahora que la miras bien, observas que se está desperezando. El líquido que la rodea bien podría ser agua, porque sus alas se asemejan a las aletas de un pez volador y su cuerpo está cubierto de escamas que destellan en tonos violáceos. Sus ojos azules, brillantes, y grandes para su pequeño tamaño, parecen ahora fijos en ti; ¡y te está haciendo señas! ¿Cómo puede ser? Y por el modo en que empuja ahora la tapa del tarro, se diría que quiere salir. Sin embargo, algo en sus aspavientos se te escapa, es como si quisiera advertirte de un peligro...

¿Haditas? ¡Vamos! No tienes tiempo para eso. Te bastas y sobras tú solito. Así que te diriges hacia la escalera, y a la página 20.

Como dijo Han Solo: *"Más vale ayuda menuda que ninguna".* Si ésta hadita quiere ayudarte no vas a decir que no, pasa a la página 54.

Decidido. Para esquivar los cuatro misiles giras y retuerces tu cuerpo hasta conseguir una cerrada trayectoria en espiral. Inmediatamente, la fuerza centrífuga parece dispuesta a lanzar tus brazos y piernas en todas direcciones, pero sabes que si separas las extremidades del cuerpo, la fricción del aire te hará perder el control. Tensas tus músculos y mantienes la estructura aerodinámica de tu cuerpo tanto como te es posible.

Un momento, ¿qué están haciendo los misiles? La pantalla de visión posterior muestra cuatro tirabuzones de humo tras cuatro intentos desesperados de seguir tu caprichosa trayectoria. Dos de ellos se estás aproximando mucho entre sí. Parece que podrían llegar a... ¡Colisionar!

—Campo de fuerza activado. Prepárate chaval.

Una esfera de cegador y furioso gas incandescente se expande en inquietante silencio tras de ti. Centésimas de segundo después, la onda de choque te alcanza acompañada del padre de todos los estruendos. Como un viejo muñeco con todas las articulaciones flojas, sales despedido hacia arriba en absoluto desorden postural. Sientes un intenso calor mientras intentas recuperar el control, aunque para lo que consigues, lo mismo podrías bailar la "Macarena".

—Campo de fuerza al 73%.

Sigues viéndolo todo movido y te alegras de no haber desayunado en exceso.

—Campo de fuerza al 34%.

No estás viendo tu vida en un parpadeo y te alegras de ello, pero recuerdas vivamente aquella vez que subiste al Tornado Terrible y juraste no volver a acercarte a las atracciones de feria en un año.

—Campo de fuerza al 17%.

¡Superhéroe por sorpresa! 17

Pasan unos momentos de absoluta confusión antes de que empieces a intuir qué está arriba y qué está abajo.

Finalmente parece estar claro: abajo está la Tierra, y arriba las estrellas...

—¿Cómo es posible?

—Depende de a qué te refieras. Si hablas de la estupidez humana me sumo a la pregunta.

—¡Me refiero a que estemos tan altos!

—En realidad yo siempre he estado muy alto, si se me permite decirlo. Eres tú quien ha sido empujado por una enorme explosión que me ha inducido a activar el campo de fuerza. Dicho campo ha aguantado la presión lanzándote hacia la estratosfera, y ahora te mantiene vivo con ayuda de una pequeña provisión de oxígeno.

—Pe... pero empiezo a tener frio.

—Normal, si tienes en cuenta a qué altura nos encontramos y la inapropiada indumentaria que vistes para la ocasión. La buena noticia es que Kaótico Phanegas nos ha perdido de vista y no ha conseguido robar nada útil del Súper Museo. La mala es que tras tomar altura persiguiéndote, ha conseguido escapar.

—¿Y tú cómo lo sabes?

—Porque estoy recibiendo una transmisión desde el cuartel general del Meta-Comando, a quienes por cierto he solicitado una operación de rescate. No tenemos energía ni para bajar, ni para llegar al Star Camelot. Será mejor que alguien te recoja antes de que te conviertas en helado de adolescente.

—Gra... gra... Graacias. ¡Aaaatchús! ¿Y quién va a rescatarme?

—Supongo que algún superhéroe con capacidad de

vuelo o vehículo de largo alcance. Espera que pregunte... ¡Vaya! Ahora entiendo mejor esa expresión.

—¿Qué expresión?

—Esa que decís a veces los humanos: "Eres un tipo con suerte".

Momentos después, la familiar e improbablemente hermosa silueta rosiazul de Ultrachica aparece flotando como si tal cosa.

Al ver de cerca sus ojos violetas, hasta olvidas el frío; y cuando te sonríe, te olvidas hasta de tu nombre. La súper famosa superheroína e ídolo de adolescentes te sujeta por la cintura y comienza un suave descenso.

—¿Sabes? —empieza sin más a decirte muy cerca del oído para superar el rumor del aire—. Todos se preguntan cómo un muchacho se ha podido hacer con el equipo de Defensor Estelar y evitar el mayor superrobo de la historia.

Sobreponiéndote al modo en que el musical acento extraterrestre acaricia tus tímpanos, intentas articular una respuesta.

—Sí... Bueno. Cuando lo sepa intentaré explicártelo —contestas empezando a entrar en calor gracias al aura electroquímica de Ultrachica, uno de los muchos regalos de su procedencia gliesiana.

—Vale. Cuando termines de informar en la Atalaya, tomaremos café en el Siegel Shuster Building.

—Me parece genial, pero la cafetería del ático tiene una lista de espera de meses.

—No para mí, desde que les libré de Reventador Atronante; y ascensor te aseguro que no necesitamos.

—Pues me parece un plan ex...

—Campo de fuerza al 16%.

Un momento de silencio.

—¿Estoy en peligro? —preguntas extrañado.

—Realmente no, pero mi deber es informar… Y además os estábais poniendo un poco cursis.

Jóvenes carcajadas cruzan el cielo rumbo a Macrópolis.

FIN

Te das la vuelta y avanzas hacia la escalera muy seguro de ti mismo. Estás seguro de que bastará con un par de golpes de acero bien colocados. ¿Acaso no has demostrado ya tu valía...? Qué raro; huele como cuando vas de visita al jardín botánico, pero por más que miras a tu alrededor, no ves nada extraño... ¡Ay! Algo te ha pinchado en el cuello. Miras hacia arriba y descubres que una larga enredadera adherida al techo está dejando caer una especie de frutos espinosos sobre ti. Parece haber crecido sorprendentemente rápido desde la tercera planta pegándose a los artesonados. Mientras todo se nubla a tu alrededor, comprendes por qué el hada parecía querer advertirte de algún peligro.

En fin, esta planta de origen alienígena, es sorprendentemente venenosa y agresiva con cualquiera que no la siembre y riegue de inmediato. Por suerte para ti, un efecto secundario de llevar la capa del Caballero Bruma es cierta resistencia a los venenos, por lo que en lugar de morirte de inmediato, despiertas en una habitación de hospital vigilado por Dama Celeste y Ultranota.

—Por fin, tío. Qué manera de sobar —exclama Ultranota al ver que abres los ojos, y continúa—. Parece que no pudiste tú solo con todo aquel marrón, pero gracias a ti, Kaótico no tuvo tiempo de apoderarse de algunos de los objetos más poderosos. ¡Ah! puedes quedarte con la capa por todo el morro, porque no sabemos si puedes tener rastros de veneno aún en el organismo, y tampoco está mal como premio ya que te lo has currao; así que no te la quites en unos días y... ¡Guay! —exclama mostrándote los pulgares apuntando hacia arriba mientras se levanta y se larga sin ceremonia. Dama Celeste te guiña un ojo mientras se desvanece.

FIN

Corres hacia la vitrina dedicada al Caballero Bruma. Mientras te acercas, retazos de los conocimientos y recuerdos que posees sobre el que fue uno de los mayores héroes de la historia cruzan tu mente. Sabes que la capa es importante; muchos de los que le conocieron o vieron de cerca, afirmaron que su niebla mística emanaba de ella. Incluso en el poster que tienes en tu habitación, parece ser así.

Tomas la capa y te sorprende la fluidez del movimiento con el que te la echas a la espalda. ¡Ni que lo hubieses ensayado! Pero algo más te resulta inquietante: cuando la capa se asienta sobre tus hombros, tienes la sensación de ser abrazado con afecto y gratitud. Y ese sonido... ¿Ha sido una corriente de aire... o un suspiro de alivio? ¡No hay tiempo! Cuando tratas de entendértelas con el broche metálico que debería sujetar la tela sobre tu pecho, éste parece cerrarse por sí mismo con un tañido musical llegado de algún lejano lugar. La pieza de plata queda así unida conformando el famoso emblema del dragón.

Con cuidado y enorme respeto, tomas a Bladestar por su mango. "*¡Es ligera!*", piensas sorprendido, y es que te habías hecho la idea de que pesaría mucho. Observas la hoja maravillado. Parece reflejar luces de otro mundo... Vamos ¡céntrate! Ese extraño redoble metálico suena cada vez más cerca. Te apartas un poco de la vitrina y haces un par de movimientos para hacerte con el peso del acero (si es que es acero). Bladestar vibra al cortar el aire, y el sonido se mantiene por unos instantes evolucionando hasta parecer el lejano acorde sostenido por un coro... ¡Jo! ¡Se te ha puesto piel de gallina!

Bueno, llegó la hora de la verdad. Esos extraños ruidos, demasiado frecuentes para ser pisadas, están al otro lado de la puerta metálica de emergencia, y ésta, tras un chasquido, vuelve a introducirse en el suelo lentamente.

Está claro que Kaótico Phanegas se ha hecho con el control de la red de seguridad. Por muy rechoncho y bobalicón que sea, no debes subestimarle... Además tú sólo eres un muchacho que acaba de hacerse con un arsenal mágico con el que, por supuesto, careces por completo de experiencia. Visto así, intentas ocultarte tras el pedestal de la vitrina antes de que la plancha de metal te revele.

Otra vez suenan esos golpecitos enervantes que no puedes descifrar. Sea lo que sea, ya está dentro. No puedes evitarlo, te asomas un poco para evaluar la situación... ¡Repanocha!

Esta clase de robot no la habías visto nunca. Debe de ser la última hornada que fabricó el Doctor Perdición antes de ser derrotado. Más de dos metros de altura de piezas de metal, cables y remaches. La parte inferior recuerda a una araña y resulta estremecedor el modo tan natural con que flexiona las articulaciones para compensar los movimientos del resto. ¡Claro!, por eso el repiqueteo metálico al caminar. De donde debería estar la cabeza, surge un tubo de metal flexible compuesto de anillos de diferentes anchos. Alguna zona es translúcida, tal vez de algún tipo de plástico, y su similitud con una lombriz es inquietante.

Pero la más amenazadora es, sin lugar a dudas, la parte que remata el extremo superior del tubo ¡Parece un calamar! Gira en todas las direcciones, y su único ojo central parece escudriñarlo todo con una luz amarillenta. Cada tentáculo está rematado de modo diferente. Crees distinguir dos tamaños diferentes de pinzas, algo parecido a un aguijón, una sierra circular, un proyector láser... No estás muy seguro de por qué, pero no te tienta la idea de salir a saludar.

Sin embargo, algo vas a tener que hacer, porque los robots son dos, y están acercándose.

¡Qué demonios! Estás equipado como un superhéroe y podrías contra esos robots a espadazo limpio. Ve a la página 7.

Quizás sería mejor ser precavido y tratar de escabullirse. Si quieres buscar un escondite para trazar un plan, ve a la página 30.

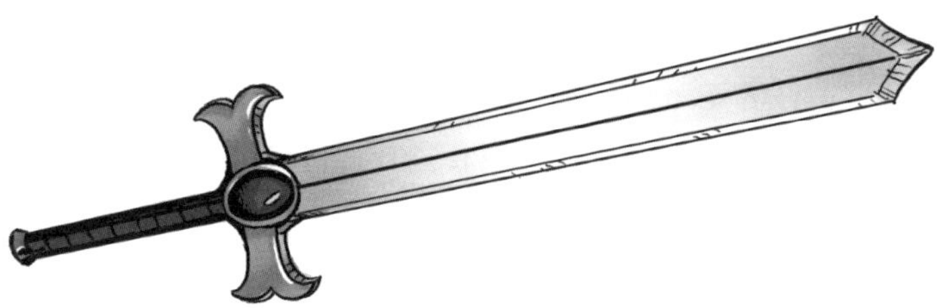

Casi sin pensarlo, llegas corriendo a la vitrina que contiene los chismes del Defensor Estelar.

Tienes poco tiempo, así que nerviosamente tomas el cohete propulsor (vaya, pesa menos de lo que esperabas) y te lo pones a la espalda como una mochila... Mal asunto, te queda muy holgado y... ¿Qué significa ese trino electrónico?

Espectrograma Kirlian completado. Electrocución anulada. Sujeto aceptado. Procediendo a precarga.

Tragas saliva al entender que el equipo te ha evaluado y dado el visto bueno; ¡al menos de momento! Las cinchas se ajustan entonces automáticamente sujetándote con firmeza. Caramba, ¡es como si te hubiesen medido!

Turno para el casco con su aleta central. Al principio piensas que te va grande, pero luego algo parece hincharse en el interior para ajustarse bien, y es entonces cuando se encienden las pantallitas de lectura periférica... ¡Ostras, qué guay!

De reojo puedes ver diagramas tácticos e información en lo que parece un software muy antiguo, pero eficiente.

¡Nada de distraerte, que ese jaleo metálico está cada vez más cerca!

Te pones el cinturón ajustándolo bien, y entonces, con reverentes nervios, echas mano al desintegrador. Es como si tu mano hubiese estado esperando siempre este momento. La pistola es como una de esas "zap gun" que utilizaba Flash Gordon en seriales de los años 30. Al igual que el casco y el cohete, está hecha de un metal que recuerda al cobre envejecido, pero parece mucho más sólido y ligero al mismo tiempo.

El arma es de formas suaves, casi parece hecha de esferas fusionadas, y el cañón está rodeado de anillos cada vez más pequeños hacia la boca de la pistola... ¡Un momento! Cuando la mueves, descubres que el casco muestra siempre el lugar al que el arma está apuntando. ¡Tremendo!

Pero se acabó el tiempo de alucinar, porque esos golpecitos metálicos están ahí mismo.

Te escondes tras el pedestal de la vitrina y luego piensas en asomarte un poco para ver qué o quién forma ese escándalo que ahora se ha rellenado con el rumorcillo de decenas de servomotores, giróscopos y quién sabe qué otros chismes; pero con el casco a lo mejor es difícil evitar ser visto...

Y entonces descubres que no es necesario. Precisamente es el casco el que se encarga de todo, ¿cómo lo hará? ¿Será un sistema sensor de campos magnéticos? ¿Algún tipo de sónar? O... ¿un electro-duende muy listo? Bueno, el caso es que las pantallas tácticas te muestran a los dos robots que acaban de entrar en la sala con información precisa de cada tornillo, ¡y vaya aspecto tienen! La parte inferior parece una araña, y donde tendría que estar la cabeza un tubo que recuerda a un calamar plagado de tentáculos.

En tus pantallas, unas flechas rojas parpadeantes parecen indicar que las terminaciones de algunos tentáculos son peligrosas...

Bien, aún no tienes ni idea de cómo poner en marcha la mochila cohete de Defensor Estelar, y no parece que esta sala pequeña sea el mejor sitio para hacer una prueba de vuelo. Por otra parte, el diagrama de equipo que puedes ver de reojo a tu derecha dice que la pistola está cargada y lista, y señala a los robots como posibles blancos.

Si a pesar de todo decides intentar activar la mochila y salir disparado por la puerta que da a la siguiente sala, ve a la página 66.

¿Prefieres disparar a los robots por sorpresa? Pues vamos a la página 85.

¿Cómo se te ha ocurrido elegir la vitrina con el bicho extraterrestre? ¿En qué estarías pensando? Seguramente lleva años muerto, o está disecado, o... ¡Rayos! ¿Le han brillado esos cinco ojitos verdes o te lo has imaginado? De repente la extraña criatura ha dado un brinco y se ha encaramado a la parte posterior de tu cuello. Antes de que puedas reaccionar, sientes como sus patas se te adhieren a la piel, y un extraño estremecimiento te recorre todo el cuerpo. Sólo un parpadeo, y cuando vuelves a abrir los ojos ves matices de color que jamás hubieras imaginado. Los golpecitos metálicos que se aproximan parecen ahora más espaciados, como si el tiempo se estuviese dilatando. Un frío cosquilleo está recorriendo tu piel, extendiéndose desde el cuello hacia todo tu cuerpo; cuando alcanza tus manos, las alzas y observas. Bajo tu nueva visión, parecen brillar con un tenue fulgor naranja mientras una segunda piel las va recubriendo rápidamente; es grisácea y flexible, y sobre ella también están creciendo placas más duras y gruesas que encajan entre sí perfectamente. ¡Y menudas garras le han crecido a tus dedos! Por suerte, compruebas que son retráctiles.

Sientes como el complejo exoesqueleto va creciendo bajo la ropa por todas partes. El resultado en tu cabeza es una especie de casco perfectamente adaptado, y hasta tus ojos han quedado protegidos por piezas transparentes semejantes a los ojos de un insecto. Aunque el proceso ha sido bastante rápido, cuando consigues coordinar las fuertes señales que todos tus sentidos ampliados envían a tu consciencia, adviertes que dos robots de Kaótico Phanegas ya están dentro de la sala. Casi antes de que puedas decidir qué aspecto tienen los dos ingenios mecánicos, has dado un tremendo salto hacia atrás para evitar los tentáculos metálicos de sus secciones superiores, que parecen calamares.

¡Superhéroe por sorpresa! 29

Sorprendidos ante tu rápida reacción, (¡no menos que tú!) ambos robots avanzan sobre las estructuras en forma de araña que constituyen la parte inferior de sus cuerpos. Observas que las dos secciones, con sus ocho extremidades cada una, están unidas entre sí por un tubo que recuerda vagamente a una lombriz y que parece estar hecho de flexibles materiales plásticos.

Varios tentáculos terminados en tubos te señalan ahora, y has visto bastantes vídeos de batallas súper heroicas como para saber que son cañones láser. ¡Vas a tener que hacer algo!

Si quieres aprovechar tu recién descubierta capacidad de salto y escapar hacia la siguiente sala, ve a la página 35.

Tal vez confías en que tu nuevo exoesqueleto sea invencible, y que puedas liarte a puñetazos. ¿Es así? Pues, a la página 45.

¡Asombroso y espectacular! El mero hecho de pensar en ocultarte ha provocado que una espesa niebla de color púrpura empiece a emanar con rapidez de la capa que cubre tu espalda. La progresión es tan vertiginosa, que pronto has quedado completamente oculto. Los robots no reaccionan. Parece que sus sensores tienen dificultades para evaluar este nuevo elemento.

Tú tampoco ves casi nada, pero entonces recuerdas algo. En tu colección de cromos de superhéroes, uno sobre el Caballero Bruma decía que él podía ver perfectamente a través de su niebla mística. En ese cromo se podía ver al Caballero casi oculto por las volutas de diferentes tonalidades de morado; una forma encapuchada y misteriosa de cuyo rostro sólo podía apreciarse el brillo de unos ojos... Un momento. ¿Encapuchada?

No pierdes un instante y te calas la capucha, lo que sin duda ha activado algún encantamiento que ahora te permite ver con nitidez a través del singular efecto mágico de ocultación... ¡Y justo a tiempo! Uno de los robots pasa a tu lado sin verte. Parece palpar el aire tratando de encontrar algo, y casi te atrapa. Por suerte, es mucho más alto que tú, y evitas sus tentáculos agachándote un poco. Pero estás en el camino de otro, que se mueve algo más deprisa. No tienes tiempo para apartarte, y un poco asustado, lanzas una estocada ascendente.

Bladestar atraviesa la cabeza en forma de calamar con desconcertante facilidad. Inmediatamente, el ingenio mecánico suelta un par de chispazos por aquí y por allá, y se desploma. Para que no te arrastre en su caída, retiras la espada con rapidez.

Te vuelves para atender al otro robot, y te lo encuentras de cara (si es que a eso se le puede llamar cara).

Está tan cerca que supones que te ha visto, y a juzgar por el tentáculo terminado en sierra que avanza hacia ti, así es.

Con rapidez, interpones la espada. Los dientes de la sierra salen disparados cuando el filo de Bladestar los corta inmisericorde. El robot retira la sierra y la examina con su único ojo. El zumbido que emite su ordenador interno se te antoja decepcionado.

Y no vas a darle otra oportunidad; es más, lo que le das es un buen mandoble lateral.

Como resultado, el robot pierde varios tentáculos y su visor queda resquebrajado, fundido. Una hendidura en el metal de su cabeza muestra cables, circuitos y componentes dañados. Cómicamente, la sección "arácnida" inferior ejecuta una última orden de retirada, pero el robot sólo consigue corretear en espiral hasta darse bien fuerte contra un muro y caer inmóvil.

—Menudo montón de chatarra —te permites decir citando a Luke Skywalker.

Bien, ahora está claro que puedes enfrentarte a los robots del Dr. Perdición y vivir para contarlo. Es hora de dar el siguiente paso.

Es evidente: hay que arrebatar el cetro de mando a Kaótico Phanegas. Si ha usado una de las plataformas flotantes de su anterior jefe, lo más probable es que haya accedido por alguna terraza, piso superior, o por la azotea. Hay que subir... Pero ¿por dónde?

La siguiente sala es muy amplia, tanto como al menos dos canchas de baloncesto. Está plagada de estatuas de los diferentes villanos que han ido surgiendo en Macrópolis a lo largo de su historia, y al fondo, hay una escalera amplia que conduce a los pisos superiores. No tienes mucho tiempo para pensar. Ecos de golpecitos metálicos delatan la llegada de más robots.

¡Superhéroe por sorpresa!

Estás seguro de que los robots, que por el ruido son más esta vez, van a presentarse en la sala antes de que tú puedas cruzarla y alcanzar la escalera. También está claro que Bladestar es capaz de hacerles daño.

Si corres, estarás cerca de la escalera antes, pero la bruma no tendrá tiempo de rodearte. Si piensas en ocultarte y esperas, la sala se llenará de niebla púrpura y el reto será cruzar sin acercarse mucho a ningún robot.

¿Esperas un poco concentrándote para que la capa llene la sala de bruma mística? Pues ve a la página 8.

Si corres tan deprisa como puedes hacia las escaleras, ve a la página 64.

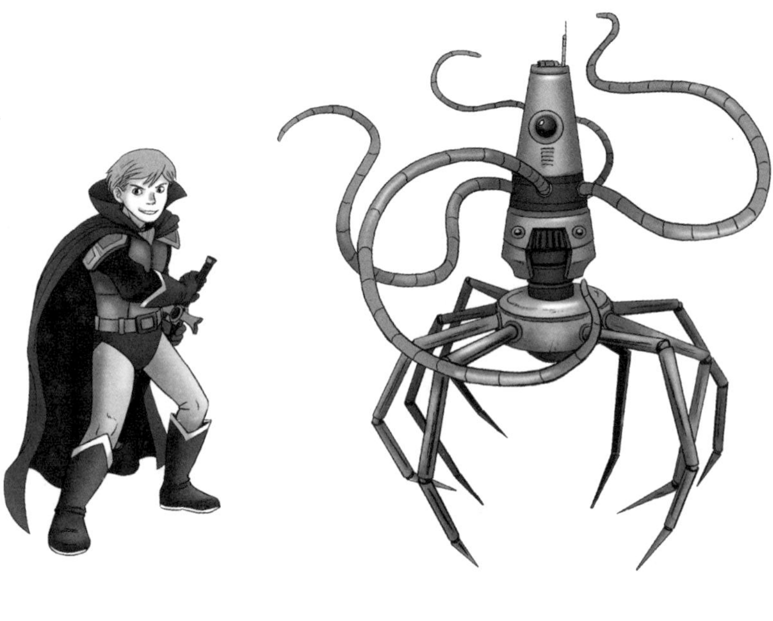

Bajas despavorido internándote en la niebla mística. Atrás ha quedado el ogro y su enorme problema de mal aliento. Pero al pie de la escalera hay tanto robot y tanto tentáculo... Intentas abrirte camino a mandobles, pero en cuanto cortas dos o tres tentáculos, otros dos o tres consiguen sujetarte y arrebatarte a Bladestar. Retroceder hacia tus perseguidores cuando estos se apiñan para atraparte no es una buena táctica, piensas mientras varios potentes calambrazos te funden la consciencia.

Despiertas en el hospital y de inmediato reconoces a Dama Nívea. La enigmática y vaporosa mujer fantasma mantiene sus manos sobre ti, y el extraño hormigueo que sientes es, sin lugar a dudas, (como sabes por tus cromos) un efecto de su poder curador. Antes de que puedas decir gracias, la belleza de otro tiempo se desvanece dedicándote una leve sonrisa que valoras en lo que merece (los fantasmas sonríen más bien poco) y su desaparición te permite ver que tras ella aguardaba Ultranota. El héroe, famoso por sus relajados modales, parece satisfecho al ver que ya estás recuperado y se levanta para marcharse al tiempo que te lanza algo. Un pase de visitante para el cuartel general del Meta-Comando aterriza sobre tu pecho.

—Pásate a vernos cuando descanses —dice el ser más fuerte de Macrópolis mientras se acerca a la ventana— parece que tienes madera, pero habrá que buscarte equipo y enseñarte un par de cosas —añade saltando por la ventana y emprendiendo vuelo con imposible naturalidad. Asombrado, sostienes el pase ante tus ojos, y sonríes.

FIN

Viras en redondo mientras pones los impulsores al máximo. El Star Camelot empieza a dejar atrás al Amedrentador. Parece que todo va bien, salvo por el detalle de que Phanegas va a quedar libre. De pronto, una alarma recorre el puente de mando mientras se encienden numerosos indicadores de emergencia.

—¿Dónde crees que vamos? Te advertí que íbamos muy justos de energía y tú pones los impulsores al máximo. Lo siento, muchacho, pero ni siquiera hay tiempo para una evacuación de emergencia.

Abres la boca para protestar, pero te quedas mudo cuando el indicador de energía del escudo desciende a cero.

Lo último que interpretas en tus pantallas es la llegada de otra tanda de misiles. Muchos de ellos hacen blanco. Tras la terrible explosión nada queda.

Oh, vamos; éste es un final terrible. ¿Faltar a tu palabra y luego huir? ¿En qué andabas pensando?

FIN

Pero antes de saltar, retrocedes un poco. Como parece que esta piel te ha conferido sentidos ampliados, te concentras en tus enemigos... ¡Caramba! De la cabeza te han surgido un par de antenas, y parecen agitarse para obtener información. Las lentes que cubren tus ojos están añadiendo colores a la síntesis visual. Ahora ves la mayor parte de los robots brillando en un mortecino color rojo; sin embargo, el tubo que une a la araña y al calamar que constituyen sus anatomías, refulge en verde. Algo te dice que ése es su punto débil.

Y finalmente das un gran salto justo a tiempo de evitar los rayos láser que barren la estancia dejando ennegrecidos y humeantes surcos por todas partes. Giras en el aire y caes de pie sin esforzarte. Ya estás en la otra habitación y comprendes que la distancia que has saltado supera lo humano. Los robots se giran y puedes ver que sus cámaras te enfocan y analizan.

Tienes que pensar algo. ¿Cómo podrías detener a Phanegas? Él, por sí mismo, no es gran cosa; claro que tiene los robots, lo que encuentre en el museo si no le paras a tiempo, y ese cetro lleno de trucos con los que también controla... Un momento: ¡Todo su poder está en el cetro!

De acuerdo. Tienes a tu favor la rapidez que te confiere esta segunda piel alienígena; podrías simplemente quitarle el cetro... Pero ahí vienen los robots otra vez. Se acercan tan rápido como les permiten sus metálicas patas de araña y cada uno tiene preparado su tentáculo con una sierra circular, que gira y sisea de modo nada tranquilizador.

Ciertamente, ahora estás casi seguro de conocer el punto débil de estos chismes, pero la cuestión es si debes entrar en combate con ellos, pudiendo simplemente mantenerte alejado.

Algunos tentáculos de la cabeza en forma de calamar son bastante largos, y los que terminan en esas siniestras sierras circulares son buen ejemplo de ello. Un robot te lanza el primer golpe como si fuera un latigazo; con un pequeño esfuerzo te echas hacia atrás y la sierra no te alcanza, pero corta el suelo cerca de ti levantando polvo y chispas. El tajo que ha dejado en las duras baldosas es profundo. El otro robot se te acerca y descubres que algo a tu espalda te impide seguir alejándote. Te has topado con una de las muchas estatuas de supervillanos que ocupan esta sala. Te agachas con asombrosa rapidez, y la sierra corta la cabeza a la estatua del Rechinador Exasperante. Mientras ves cómo la dura testa de resina rebota por el suelo, tragas saliva.

No sabes si tu dura piel alienígena será más resistente que un suelo de mármol, pero vas a tener que hacer algo respecto a los robots. De momento te pones a salvo con unas cuantas volteretas laterales y un brinco que te encarama a la ciclópea estatua del Apisonador. Esta imagen mide casi cuatro metros, con lo que los robots tendrán que trepar o usar armas de largo alcance, y por lo que has visto hasta ahora, anticiparte a sus disparos láser no es difícil. Tendrán que esforzarse un poco más... ¿Qué diablos hacen ahora?

Ambos robots te apuntan ahora con tentáculos más cortos, gruesos y provistos de una especie de bombonas. No tienes idea de qué clase de armas pueden ser, pero hasta ahora, con tus reflejos y sentidos ampliados, pareces capaz de esquivar todo lo que te echen.

Bueno, tienes claro que vas a subir a la siguiente planta para buscar a Kaótico Phanegas, y no te hace gracia la idea de tener enemigos en la retaguardia así que vas a intentar encargarte de estos

dos. Parece que no te cuesta trabajo apartarte del camino de sus disparos, y lo que tienen preparado ahora no es un arma de combate cuerpo a cuerpo.

Debes decidir qué hacer a continuación:

Podrías saltar y darles un zarpazo en sus tubos centrales. Estás seguro de que tus garras les harían daño, ve a la página 47.

Si prefieres esperar, puedes quedarte agazapado tras la enorme estatua, yendo a la página 69.

Kaótico Phanegas parece fastidiado al tener que dejar a un lado su nuevo juguete, pero esa extraña humareda no es exactamente la que él esperaría si se estuviese quemando algo en la cafetería, ¿o sí?

—Robots —farfulla de repente Phanegas— averiguad qué es ese humo; y si viene de la cafetería, hmmm... Bueno, aunque no venga de la cafetería, luego vais allí y me traéis un sándwich doble de panceta con pepinillos y mucha mayonesa... ¡No! Mejor dos. Y que permanezcan un par de robots allí vigilando. Y... y traedme también cuatro latas de cerveza.

Los robots intercambian perplejas e inexpresivas miradas mientras intentan descifrar los deseos de quien, por desgracia, porta el cetro de control cuya posesión determina a quién deben obedecer. Sus secciones motrices inferiores en forma de araña empiezan a mover las patas con ese enervante tamborileo metálico, y se dirigen a la bruma. Apenas penetran en ella, el característico sonido de un objeto delgado cortando el aire se deja oír varias veces.

—Intruso, alerta. Intr-Xfx-xkllllkrk...

Media cabeza de calamar robótico con un par de tentáculos aún agitándose rebota varias veces hasta caer a los pies de Kaótico Phanegas.

—¿Pero qué es lo que pasa? —pregunta angustiado— ¡Acabad con eso, sea lo que sea! —añade con creciente miedo mientras retrocede y se olvida de la caja de plata.

En ese instante, seguida por un girón de niebla atrapado en la corriente que originan sus alitas, surge de la bruma Gláinewin y se hace con la caja de Pandora. Un robot agita los tentáculos tras ella intentando atraparla, pero la pequeña hada revolotea con tremenda presteza desapareciendo de nuevo entre las volutas del fenómeno mágico.

—¡Eh! ¡Vuelve aquí con mi tesoro! —protesta Phanegas persiguiendo a Gláinewin hasta la linde del banco de niebla, pero incapaz de penetrar en él. Se detiene y maldice agitando el cetro de control.

En ese instante, una figura encapuchada surge de la bruma justo frente a él.

—¡Ah! —chilla Phanegas ante el feroz brillo de aquellos ojos ensombrecidos, pero entonces repara en la estatura—. Ningún enano mocoso va a arrebatarme mi triunfo —grita alzando el cetro y descargando un potente golpe.

Te limitas a interponer el filo de Bladestar con funesto resultado para el cetro de control, cuya mitad superior cae al suelo lanzando chispas.

Inmediatamente, todos los robots emiten el mismo mensaje:

—Unidad suspendiendo actividad en espera de nuevas instrucciones —notifican mientras sus extremidades metálicas se relajan. Las patas de araña se encogen posando el módulo inferior en el suelo y los tentáculos de calamar quedan lacios. La luz ambarina de cada ojo se extingue acompañada de un silbido decreciente.

Phanegas te mira con el rostro contraído en un ridículo mohín de crío a punto de entrar en estado de pataleta. ¿Cómo vas a evitar herirle si se te abalanza? Es grande... (bueno, ancho) pesado, y ha comenzado a temblar mientras aprieta los puños. Justo entonces, Gláinewin completa un revoloteo en tirabuzón ante las narices del gordinflas y las señala con un pequeño dedito en claro gesto de advertencia. Parece que ya escondió la dichosa cajita.

En apenas unos segundos Kaótico Phanegas se relaja, mira al suelo, se rasca el trasero y se encoge de hombros.

La primera en llegar es Amazing Amazon. En una mano lleva su pértiga mágica, y en la otra, medio robot abollado. Parece que después de todo has tenido más ayuda de la que creías, ya que algunos robots estaban ocupados tratando de detener, sin éxito, a la adolescente amazona. ¡Jo, qué guapa es! Un momento. ¿Por qué te mira tan seria Gláinewin? ¿Por qué te hace ese gesto para que te limpies la baba? ¡Ah! Vaaaale. (Hada celosa...)

No mucho después, llegan Ultranota, Dama Celeste y todo un regimiento de agentes de la FLIPAS (Federación Legislativa para la Intervención y Protección en Asuntos Supranormales) con sus habituales e inmaculados trajes negros; pero por más que preguntan a Kaótico, él sigue mirando el suelo como un niño que ha roto demasiados platos. ¡Menudo individuo!

Como la FLIPAS es responsable de la seguridad del museo, Ultranota ha estado charlando con los agentes, que no paran de asegurar que están evaluando lo ocurrido y que nada así volverá a pasar.

Dama Celeste te ha sonreído, y luego ha pasado a través de ti, literalmente, mientras se acercaba a charlar con Gláinewin. Es curioso lo descansado que te has sentido de inmediato. ¿Y dónde están tus rasguños?

Finalmente, Ultranota se te acerca con ese bamboleo de camionero que desarma a sus numerosas fans.

—Oye, chaval —te dice— los tipos de negro y el Meta-Comando estamos de acuerdo en que te quedes con esos juguetes. Después de todo, has salvado el día-. Y dicho esto, te da un amistoso tortacete y, antes de que pueda seguir, Amazing Amazon te agarra del brazo.

—Yo me ocupo de todo —dice sonriendo.

FIN

Cargas contra los robots sin pensar mucho en lo que haces. Das un par de espadazos casi a ciegas y cortas varios tentáculos, pero hay tantos... Y uno de ellos termina por agarrarte del brazo derecho. Uy, uy, uy, uy, uy... ¡Cómo aprieta!

Ese robot te alza del suelo sin que puedas oponer resistencia mientras el otro te arrebata a Bladestar. Después de todo, no has sido muy sensato lanzándote a luchar al descubierto y sin experiencia con espadas (y menos aún con espadas mágicas)

Bueno, lo mejor será que te calmes, porque el robot que tiene a Bladestar, la sujeta con tres tentáculos a la vez, y tú estás también del todo atrapado.

Los robots te "invitan amablemente" a subir las escaleras y así, llegáis hasta la planta tercera. No te sorprende nada encontrarte allí con Kaótico Phanegas rodeado de una docena de robots. Compruebas que además, se ha hecho ya con unos cuantos objetos de poder que estaban expuestos en el museo.

—¡Mira qué tenemos aquí! —exclama con su voz chillona mientras un robot le entrega la espada.

Phanegas te suelta un rollo prepotente acerca de lo que va a hacerle al mundo cuando termine de conquistarlo. A pesar de lo aburrido que te resulta, te preguntas si aún podrás hacer algo. Observas que las pantallas utilizadas normalmente para exponer información adicional sobre personajes y objetos, están conectadas ahora al sistema de seguridad, funcionando como un sistema de vigilancia.

Mientras adviertes que Phanegas parece haber engordado desde que lo viste en las noticias (la última vez que lo detuvieron), también te das cuenta de que los monitores están mostrando cómo Amazing Amazon se está colando con un perfecto salto de pértiga mágica extensible.

Está en el primer piso. ¡Guau! Amazing Amazon es la heroína adolescente más atractiva de todo Macrópolis. ¡Tienes que hacer algo! ¿Cómo podrías ayudarla? ¿Cómo evitar que Phanegas la descubra en las pantallas? Y no menos importante: ¿cómo podrías conseguir su número de teléfono?

En uno de los monitores se aprecia perfectamente como Amazing Amazon sube las escaleras, y Kaótico Phanegas se ha cansado de soltar sandeces. ¡Se va a dar la vuelta y la va a descubrir! Son muchos robots; si la chica pierde el factor sorpresa, todo puede acabar en desastre.

¡Piensa algo! ¡Pero no en los ojazos celestes de Amazing Amazon, hombre!

Puedes forcejear con el robot que te mantiene sujeto y tratar de liberarte de sus tentáculos de metal, ve a la página 63.

También podrías hacer que se forme una espesa bruma que impida ver llegar a Amazing Amazon, vamos a la página 12.

Tu nueva piel responde a tus decisiones con tal rapidez, que casi no sabes si lo estás imaginando, pero el asunto es que ya estás plantado delante de uno de los robots con tu brazo echado atrás.

Tu derechazo es rápido como un latigazo, pero por mucho que la extraña piel alienígena te proteja, el duro metal de la cabeza del robot es demasiado. Sientes como tus nudillos se resquebrajan por el impacto, y el dolor es casi insoportable. El robot apenas ha reaccionado.

Por un momento te sientes mareado y clavas ambas rodillas en tierra esforzándote para no perder el conocimiento. De inmediato, el exoesqueleto parece reaccionar enfriando y casi anestesiando tu mano herida. Eso te refresca la consciencia lo justo para ver llegar los dos tentáculos terminados en sierra circular. Saltas hacia atrás con una voltereta mientras los filos girantes arrancan chispas al suelo. Te has librado por muy poco.

Aunque ahora la mano casi no te duele, sabes que no podrás utilizarla durante algún tiempo. ¿Qué puedes hacer? ¿Existirá alguna salida oculta para escapar? Como respondiendo a tu pregunta, dos antenas profusamente articuladas emergen por sendos orificios de tu casco quitinoso.

Las antenas se agitan y parecen enviar información a tu cerebro basada en las reverberaciones de todos los sonidos. Tu percepción visual está integrando la información, y ahora ves una especie de sendero en el suelo que conduce a una reja.

Parece estar bastante claro. Esa reja da a un túnel de alcantarillado o de otro tipo; sea lo que sea, una vía de escape.

Retrocediendo ante el avance de los dos robots, llegas a una inevitable conclusión: o huyes y buscas ayuda, o sigues combatiendo a pesar de estar herido.

Si tu decisión es una puntual retirada subterránea, ve a la página 83.

Si a pesar de estar herido, quieres luchar contra los robots, continúa en la 121.

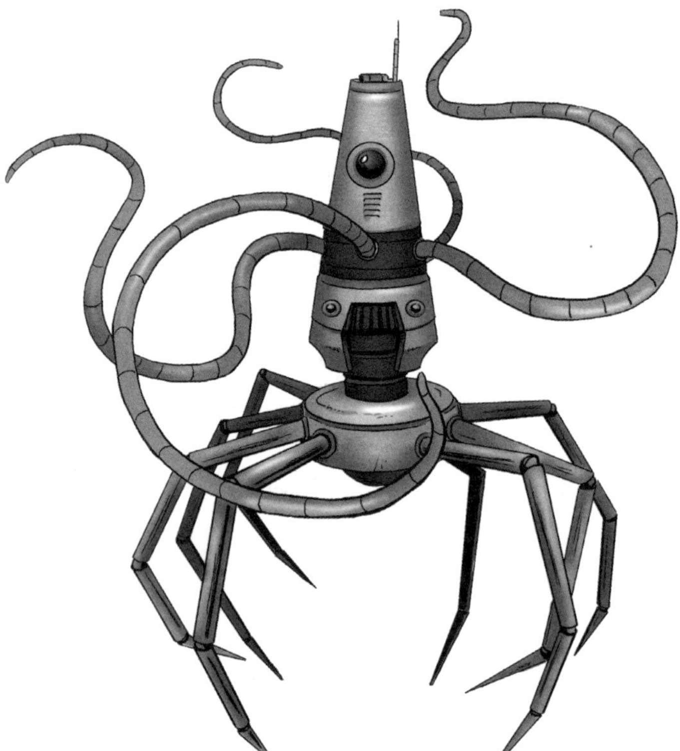

¡Al ataque! Te dejas caer y das un potente salto hacia delante al tiempo que sacas las garras. Los robots te apuntan pero sus cañones no parecen poder seguirte; tu percepción ampliada indica que están apuntando un poco detrás de ti. Desgraciadamente, no necesitan hacerlo mucho mejor.

¡Lanzallamas! Disparan un cono de fuego que te alcanza de refilón, pero es suficiente para que sientas un calor insoportable y pierdas la concentración. Te encoges y caes rodando con el impulso envuelto en llamas.

De no ser por tu segunda piel, habría sido un terrible final, pero gracias a ella has salvado la vida. No obstante, notas que la criatura con la que te has fundido está sufriendo. Para salir del alcance de las armas, saltas de vuelta a la estatua, pero apenas llegas. Estás perdiendo fuerza. Al menos, tu proximidad al techo con las llamas que aún te cubren, disparó el sistema anti incendios. Chorros de agua caen extinguiendo todo el fuego, aliviando el calor que sientes, y dificultando la visión a los robots. Tienes que aprovechar esta oportunidad para salir de aquí.

Buscas a tu alrededor y ves los remolinos que forma el agua en el suelo al salir por las rejillas. Ni te lo piensas. Tus piernas se quejan del esfuerzo al amortiguar la caída, y arrancar la rejilla deja tus brazos doloridos. Saltas al interior del alcantarillado justo a tiempo de evitar otro chorro de llamas. Estás mareado. Corres tanto como puedes...

Despiertas en la calle junto a un acceso al alcantarillado. Debes de haber llegado en estado de shock. La criatura alienígena tardará en recuperarse, pero ahora, sois uno.

FIN

Sí, claro; esquivar cuatro misiles tu primer día de vuelo y luego pintar la Capilla Sixtina en un grano de arroz.

—Ejem... ¿Súper ordenador?

—¿Súper? Suena como si fueras a pedirme algo complicado.

—¿Recuerdas cómo desconectaste a ese robot que estaba demasiado cerca?

—Si te refieres al Pulso Electromagnético Direccional Oclusivo, nunca se ha probado con objetivos de tal calibre; aunque teniendo en cuenta que en ocho segundos vamos a ser alcanzados... Cargando Pulso Electromagnético Direccional Oclusivo a máxima potencia.

La pistola comienza a emitir un penetrante silbido cada vez más agudo. A través de las rejillas laterales de refrigeración sale un poco de humo. Los misiles están tan cerca que ya aprecias las irregularidades en la pintura de sus cabezas.

—¿Disparo ya?

—O eso o les cuentas un chiste. Tú verás.

Bastante seguro de que el humor no va a ser la solución, apuntas hacia abajo y aprietas el gatillo.

Entre los misiles y la pistola surgen un millar de chispas. Culebreantes relámpagos eléctricos saltan desde el cañón hasta los proyectiles. Se produce un mordiente chasquido en el aire que se siente más que se oye.

Al principio, parece que nada ha ocurrido. Luego adviertes que los misiles no consiguen recorrer los pocos metros que aún os separan, y es entonces cuando notas que están perdiendo la verticalidad. Cuando se inclinan, puedes ver que el fuego impulsor de sus colas se ha extinguido. Ahora caen... ¡Hacia la ciudad!

—Oh, oh. Esto puede terminar en desastre.

—Probablemente por eso no computé esta solución. Se supone que tú estás al mando y lo tienes todo previsto.

No hay tiempo para pensar. Observas que uno de los misiles va a pasar muy cerca de la plataforma gobernada por Kaótico Phanegas.

—Rayo de repulsión magnética al máximo. ¡Ya!

—¡Eh! Vamos a moderar ese tono. ¿Y cómo sabes tú lo de los rayos de...?

—¡YA!

—Vale, vale. No te pongas así. Activado.

Apuntas a un lateral del misil que va a pasar junto a la plataforma de Phanegas y disparas. ¡Blanco! El misil se desplaza un poco a tu izquierda y ahora está en trayectoria de colisión con la nave de tu enemigo.

Entre bocado y bocado de una rosquilla glaseada y cubierta de fideos de azúcar a todo color, Kaótico Phanegas respinga alterado cuando resuenan las alarmas por todo el Amedrentador Inmisericorde. Sus lorzas de grasa tardan unos momentos en dejar de agitarse.

—¿Pero qué pasa ahora? Ya no puedo ni comer tranq... —la visión de los misiles cayendo sin control disipa su enfado sustituyéndolo por desconcierto; y éste se torna terror cuando comprueba en las pantallas que uno de los misiles está a punto de reencontrarse con sus orígenes, pero a lo bruto.

—¿Dónde estaba la consola de control de misiles? ¡Dóndeee!

Phanegas da un manotazo a la caja de rosquillas, y mientras éstas ruedan por el puente de mando dejando dulces y multicolores rastros de viruta, descubre que los botones que busca están bajo su tercer desayuno. El aprendiz de supervillano advierte que no tiene tiempo de averiguar qué misil es el que está a punto de colisionar con la plataforma, y presiona la autodestrucción de todos.

Los cuatro misiles se convierten en furiosas volutas de llamas que llenan el cielo. Una parte de ti casi lamenta que Phanegas lo haya conseguido, pero de no ser así, el resto de los mortíferos proyectiles hubiese caído sobre la ciudad.

Kaótico Phanegas chilla aterrorizado mientras el puente de mando tiembla arrojándole al suelo sin miramientos. Luego, cuando todo se calma, se levanta con dificultad resbalando con una rosquilla y despegando de su cara gran parte de otra.

El humo y las llamas se disipan dejando ver de nuevo la forma semi-elipsoide del Amedrentador Inmisericorde. Está algo ennegrecido por la explosión y ha perdido velocidad, pero sigue persiguiéndote.

¿Qué puedes hacer?

Una opción es aproximarte y liarte a tiros. Todo un clásico. Si quieres hacerlo, vamos a la página 74.

¿No sería posible mejor intentar llegar hasta el Star Camelot? Puedes intentarlo en la página 122.

Te sientes optimista. Tu piel de otro mundo es una poderosa armadura y tus zarpazos han demostrado ser eficaces contra estos engendros del averno.

Por otra parte, y a pesar de su aparente falta de fe en que salgáis victoriosos, cada golpe que Amazing Amazon da con su vara derrota a un enemigo.

Y en medio está Phanegas, temblando y muerto de miedo.

Los demonios alados caen sobre vosotros blandiendo sus armas. Al principio tienes la sensación de que todo irá bien. Tu rapidez de reflejos te permite anticiparte a los golpes y predecir sus ataques. A veces incluso consigues que se golpeen entre sí, fintando o agachándote en el ángulo apropiado. Sus secos cuerpos ceden al filo de tus garras, y hasta ahora, tu piel ha resistido a las pocas armas que han acertado a rozarte.

Por su parte, la joven amazona hace zumbar el aire blandiendo su vara y descuajaringando adversarios. En varias ocasiones, cuando se ve rodeada y en mala situación, hace que su arma se alargue mágicamente y la impulse a otra posición, recuperando enseguida su ventaja en el combate.

Sin embargo, la superioridad numérica del enemigo es abrumadora.

—Resiste —te dice la guerrera mientras manda otro casco con inquilino fuera del escenario—. Pronto llegarán refuerzos.

—Eso espero —contestas esquivando un hacha y respondiendo con un golpe salomónico—. Me estoy empezando a cansar.

Amazing Amazon mira entonces a su alrededor y parece tener una idea:

—Refugiémonos bajo la plataforma de asalto. Al menos evitaremos los ataques desde el aire.

Dicho y hecho, sin cesar en la lucha y protegiendo al inútil de Phanegas, os vais desplazando hasta quedar a cubierto. La guerrera de imperturbable melena rizada tenía razón. Bajo el fuselaje de la plataforma, los ataques desde arriba no cuentan. Eso os permite ganar tiempo. Los demonios parecen confundidos y reacios a luchar con los pies en el suelo, ya que de ese modo las alas sólo les sirven de estorbo.

Poco a poco, el enemigo va decreciendo en número. Cuando os dais cuenta, el último demonio huye.

—¿Hemos ganado? —pregunta Phanegas.

—Demasiado fácil —respondéis al unísono mientras intercambiáis una leve sonrisa.

Con mucha precaución, os asomáis. Muchos demonios revolotean o permanecen posados guardando las distancias. Parecen aguardar que algo surja del túnel de nubes.

—Uy, que mal rollo —opinas.

—Tampoco auguro nada bueno —coincide la amazona con más decoro.

En ese momento, del agujero surgen dos demonios. Son algo más grandes que la media y portan una especie de orbe de cristal con dos asas de hierro. El artefacto titila con una luz ambarina de creciente intensidad. Cuando os sobrevuelan, sueltan su carga.

—¡Corre! —os decís a la vez el uno al otro.

Salís de debajo de la plataforma tan deprisa como os es posible. Phanegas hace lo que puede. Es evidente: si el aparato explosiona, no bastará con alejarse un poco. Cuando llegáis al borde de la azotea, saltáis tanto como podéis, y como tus alas permiten llegar más lejos, coges a la amazona de las manos y le ayudas a llegar hasta un balcón del edificio de enfrente.

La gran explosión se produce. Los alrededores del museo reciben una buena lluvia de chatarra sin víctimas gracias a la previa evacuación por parte de las autoridades. La azotea del museo tiene un enorme boquete.

—Gracias —contesta Amazing Amazon tras el aterrizaje.

—Ah, no es nada. Sólo quería evitar que te chamuscases esa melena tan bonita —¡¿Has dicho tú eso?!

La guerrera parece sonrojarse y aparta la mirada con un mohín. Caramba, con esta cara de insecto ya puedes sentirte agradecido. Y eso te hace pensar en algo crucial: ¿podrás quitarte esta piel cuando no la necesites?

Pero no hay tiempo ahora para eso. Aunque el túnel en las nubes se está cerrando, el último demonio que sale de él tiene un aspecto más que preocupante: se parece a los demás, salvo por el pequeño detalle de ser tres veces mayor, tener una larga cola, unos cuernos retorcidos poco coquetos, y una enorme hacha de dos hojas. El que parece ser el líder de los demonios alza su enorme hacha y convoca al resto de su ejército. Las siniestras criaturas se reagrupan, y como si de un enjambre se tratase, se lanzan en vuestra busca.

Mientras intercambiáis una mirada tratando de decidir qué hacer, notáis que no estáis solos en el balcón. Al otro extremo, una señora muy mayor ha visto lo que se avecina y entra corriendo en su casa mientras grita:

—Querido, hay que poner otra vez las mosquiteras.

Podéis entrar en el edificio para ganar tiempo en la página 93.

O quedaros en el balcón, en la página 60.

Para reforzar la sensación de autenticidad, o tal vez porque es de veras antiguo, el tarro está cerrado con un gran tapón de corcho que el hadita ya ha aflojado a empujones. Con facilidad, terminas de quitarlo, y la criatura mágica sale disparada salpicando agua y gritando con una vocecita potente aunque muy fina. ¿Está señalando hacia arriba? Miras y te estremeces al ver una especie de hiedra que repta por el techo hacia tu posición. Te apartas justo a tiempo de evitar que una especie de frutos plagados de púas caigan sobre ti.

Las alas del hada baten rápidas como las de un colibrí, y suenan como el eco de un lejano campanilleo. No es más grande que un gorrión, y parece feliz de haberte avisado a tiempo. Sin embargo, no contenta del todo, da un rápido revoloteo y tira del serpenteante tallo de la hiedra. La malévola planta es descolgada contra su voluntad, y arranca astillas y pintura de las vigas en su vano intento de resistir. Sus raices de planta trepadora se agitan como patas de un ciempiés ante ti, y antes de que el tallo colgante consiga izarse de nuevo, lo cortas con un revés de Bladestar.

El efecto es fulminante. Casi más rápido de lo que tus ojos pueden apreciar, la hiedra se seca, retuerce, resquebraja y, finalmente, se convierte en una zigzagueante hilera de cenizas negras. El hada de agua palmea junto a ti; sonríes, y haces una reverencia.

—Mágica dama de toda agua —sueltas— os debo la vida...
—Vaya, ¿dónde aprendiste eso?

El hada vuela hasta ponerse a la altura de tus ojos y a sólo un palmo de tus narices, sonríe, y no puedes creer que un rostro cubierto de escamitas pueda ser tan bello.

Pero lejos de quedarse quieta, la mágica y ancestral protectora de las aguas te insta a seguirla hacia la tercera planta.

—Espera —le dices mientras te concentras y consigues (ahora con más facilidad) que la niebla empiece a crecer a tu alrededor. Camino de la escalera pasas junto al tarro de nuevo, y esta vez lees el letrerito de la columna que lo sostiene:— Gláinewin —lees.

Ella parece satisfecha con la pronunciación y nada impresionada por la niebla mágica que empieza a envolveros, pero sigue mostrando prisa.

—Vale, vale.

Kaótico Phanegas parece contento. Está a punto de abrir el objeto que más mecanismos de seguridad rodeaban en todo el museo. Es un pequeño cofre de plata con apenas envergadura para guardar una manzana; y por todo rasgo destacable, tiene una clara inscripción sobre la manilla que, sin más cerradura, parece poder abrirlo.

—Paaan-dooo-raaa —(No, creo que Kaótico no lee mucho, ¿por qué lo dices?).

Cuando Phanegas se dispone a abrir la caja, algo llama su atención. Una espesa bruma púrpura trepa por los escalones y va conquistando espacio rápidamente.

—¿De dónde viene toda esa humareda? —exclama intrigado Phanegas echando mano a su cetro de control.

Subes los últimos peldaños. La niebla te oculta, y con la capucha calada puedes ver cómo los robots forman un círculo protector en torno a su reciente amo. De momento, no sabe que estáis ahí, pero está dando instrucciones a los robots, que son toda una docena.

Gláinewin parece repentinamente inquieta y te susurra algo al oído. Es extraño, porque aunque no reconoces ni una palabrita, su mensaje toma forma en tu mente con claridad: Hay que evitar a toda costa que Kaótico Phanegas abra esa caja.

¿Pero cómo? Doce robots son demasiados. Enfrentarse a ellos directamente es absurdo, y sin embargo, después de enviarlos hacia vosotros, Phanegas ha vuelto a prestar atención a la caja que tiene en sus manos.

Hay que hacer algo, ¡y rápido!

¿Para qué tienes una espada mágica en las manos? ¡Grito de guerra y a la carga! Así lo harás yendo a la página 73.

Podrías ir entre la bruma y llegar hasta Phanegas mientras Gláinewin le entretiene. Si prefieres éste plan pasa a la página 39.

Nada más accionar la palanca, chispas de electricidad estática recorren todos los instrumentos y paneles de la cabina. En el exterior, puntos de luz azulada están empezando a configurar lo que al principio parece una ondulante red de hexágonos. No entiendes por qué el computador ha recomendado levantar el escudo, pero de repente lo entiendes a la perfección. Una andanada de torpedos surge de lo que, evidentemente, no es más que un holograma del Amedrentador Inmisericorde; pero cuando llegan hasta el campo de fuerza defensivo, ya está formado y preparado para repeler el ataque.

La brillante burbuja de energía que ahora envuelve al Star Camelot rechaza los proyectiles con poderosas descargas eléctricas. Algunos explosionan; otros rebotan quedando a la deriva, pero ninguno causa el menor daño.

—Me alegra que confiaras en mí. Las lecturas arrojaban una altísima probabilidad de que se tratase de un ardid para ocultar la auténtica maniobra de ataque.

—Pensé que Phanegas no sería capaz de algo así.

—Computo lo mismo. Su nivel de extrema vagancia hace improbable una táctica tan elaborada.

—Mmmm... ¿Podría ser que no está realmente al mando?

—Analizando inferencia... Estimo en un 99,7% que esté utilizando un sofisticado sistema de inteligencia artificial para comandar el ataque.

—¿Hay algún modo de usar ese dato a nuestro favor?

—Provocar un bloqueo en su ordenador dejaría a la plataforma indefensa por unos segundos. Incluso su escudo, más moderno y superior al nuestro, podría quedar momentáneamente inutilizado.

—¿Puede hacerse?

—Iniciando simulaciones para encontrar respuestas. Entre tanto, tenemos que ocuparnos de un nuevo ataque.

Descubierto el engaño, el holograma del Amedrentador Inmisericorde se desvanece, pero el auténtico no está mucho más lejos y ha vuelto a soltar una piara de malintencionados torpedos. Bien, es momento de usar todo lo que has aprendido del Capitán Kirk.

—De acuerdo. Necesito el ángulo y potencia óptimos para deflectar esos misiles, y de paso, busca una intersección entre eso y la configuración más probable para que algún torpedo rechazado alcance al Amendrentador.

—La potencia de escudo óptima estimada para asegurar la protección es del 42%. Un viraje de 38° a estribor con una inclinación de 17° hace probable una defensa ofensiva de la presente andanada del enemigo.

Manoteas los instrumentos a toda velocidad buscando conformidad con los datos suministrados por el Star Camelot. Como resultado, todos los torpedos son rechazados, pero además, uno de ellos explosiona apenas a unos metros de la plataforma de asalto.

El Amedrentador Inmisericorde se inclina violentamente como si hubiese recibido un gancho. Eso os proporciona un tiempo cuyos beneficios llegan de inmediato.

—Simulaciones completadas. Solución computada.

—¡Suéltalo!

—Si las ondas de choque de tres impactos equidistantes en el escudo del Amedrentador convergen, el efecto provocaría una retroalimentación capaz de liberar electricidad estática como para provocar un bloqueo en sus ordenadores.

—Uf, suena complicado. ¿Y cuántos torpedos tenemos?

—Tres.

—¡Arg!

—No te quejes. La idea ha surgido de ti y no tenemos ningún otro plan. El Star Camelot lleva años sin ser actualizado y el Amedrentador Inmisericorde es de última generación.

—Pero nos lo jugamos todo a una carta.

—Sí, y debes apresurarte o perderemos el campo de protección.

Pues una vez más, tendrás que tomar una decisión:

Con sólo tres torpedos no tenéis ninguna oportunidad. Darás la vuelta en redondo para intentar escapar, en la página 34.

Sincronizaréis tácticamente la explosión de los tres torpedos aunque parezca una maniobra suicida 130.

—¡Estoy listo! —exclamas dispuesto a recibir a los demonios que se aproximan en bandada.

—¿Estás seguro de que no deberíamos optar por una táctica un poco más... estratégica? —duda la amazona.

—Ya has visto que podemos con ellos.

—Pero es el grupo más numeroso, y ahora les acompaña su comandante.

Piensas en ello, pero los demonios llegan. No hay tiempo para arrepentirse.

El enemigo se divide en tres grupos; dos se dirigen a los extremos del balcón, y el tercero, con el demonio líder entre ellos, ataca de frente. Al principio conseguís mantenerlos a raya. Bajo el balcón, en la calle, se forma un montículo de demonios vencidos.

Sin embargo, el cansancio empieza a hacer mella. Vuestros golpes se van haciendo más espaciados. Amazing Amazon tiene varios rasguños en los brazos y un corte algo mayor en una pierna. Tú también has recibido golpes, y aunque apenas consiguen traspasar tu piel, van debilitándote...

Y es entonces cuando el gran demonio aprovecha para atacar. Los lacayos susurran un nombre con temor:

—Abraxar, Abraxar, Abraxar...

Su primer golpe es tremendo y está destinado sobre todo a demoler la mayor parte del balcón superior, que con su estatura, le estorba para mantenerse erguido.

El terrible hachazo alcanza a varios demonios sin que a su jefe parezca importarle, y aunque procuráis apartaros de inmediato, algunos escombros os alcanzan.

La legendaria fuerza de las amazonas y tu resistente casco quitinoso os protegen, pero los golpes os dejan más débiles. Los demonios que aún siguen en pie se envalentonan. Rechazarlos os resulta mucho más duro que al principio. Poco a poco os dais cuenta de que no estáis en condiciones de ganar.

Y entonces todo se detiene.

Un intenso déjà vu se apodera de ti cuando aparece la gran burbuja del Doctor Quantum. En el interior, el famoso científico, que jamás reveló sus hallazgos acerca del espacio-tiempo, permanece tranquilamente sentado en su viejo sillón de cuero mientras saborea una inmensa y apetitosa copa de helado. Viste camisa hawaiana, bañador, gafas de sol, gorra, y os habla con desconcertante calma:

—¿Sabéis? Hoy celebro mi cumpleaños. Llevo tanto tiempo viajando por el ídem, que ya nunca sé cuando toca realmente. Así que, ¿por qué no ahora?

Intercambias una mirada perpleja con la amazona y seguís atendiendo. A vuestro alrededor todo se ha detenido por completo. Un ladrillo desprendido del balcón de arriba permanece inmóvil en el aire tras rebotar en el casco de un demonio con cómica expresión de mosqueo.

Quantum continúa:

—Siempre vigilo y concedo segundas oportunidades para asegurar la supervivencia del universo. Pero hoy, voy a hacer una pequeña excepción.

Y dicho esto, chasquea los dedos.

De repente, el tiempo se reactiva. Ultranota y Ultrachica surgen de la nada muy sorprendidos. Está claro que venían de camino, pero aún necesitaban más tiempo para llegar, y el tiempo es el as en la manga de Quantum.

Los demonios menores no tienen la menor oportunidad, tal es el reparto de golpes que Ultranota y su joven ultrahermanita les dispensan. Varios demonios se deshacen en arena ante el leve toque de la burbuja de Quantum, que no deja de saborear su helado; y a vosotros, os toca encargaros de Abraxar.

El gran demonio lanza un par de golpes furiosos, pero en ambas ocasiones os aseguráis de salir del camino de su arma que, en el segundo golpe, termina con la hoja encajada entre unos ladrillos. Amazing Amazon aprovecha la oportunidad y traba el mango del hacha con su pértiga. Abraxar la mira con tal furia que sus ojos arrojan llamas, y de un tirón, recupera el arma. El demonio sonríe al demostrar su superioridad, pero deleitado en eso, no ha visto llegar tu golpe.

Aprovechando su distracción, te has lanzado con todas tus fuerzas y le regalas el mejor zarpazo; justo bajo su barbilla de chivo. Abraxar sonríe seguro de que un ser inferior no puede dañarle, y entonces advierte que se está viendo los pies sin haber agachado la cabeza. Su última pregunta es: ¿Cómo puedo estar viéndomelos tan de cerca?

Minutos después no hay rastro de Quantum, pero todo el barrio se ha reunido en la calle alrededor de una enorme tarta de cumpleaños surgida de la nada; en lugar de velas tiene un reloj de arena. Los superhéroes celebráis la victoria con los macropolitanos.

Parece que la criatura alienígena se ha fundido con tu cuerpo y serás Criatura Vigilante mientras vivas. Amazing Amazon te ha explicado que la piel se retira y vuelve a voluntad y ha aprovechado para besarte cuando lo has comprobado.

FIN

Forcejeas tratando de liberarte, y el robot te sacude una fuerte y dolorosa descarga eléctrica. Todo se oscurece a tu alrededor.

Cuando despiertas, estás en una camilla en la puerta del museo. Amazing Amazon también está siendo llevada a una ambulancia. Parece que tu plan de liberarte a tirones del robot, no era muy sensato.

Phanegas ha sido detenido finalmente por tus más admirados héroes: El Meta-Comando; pero por lo que puedes ver a tu alrededor, su detención ha provocado numerosos daños y muchos heridos.
Al menos podrás contarlo.

FIN

Así que corres tan deprisa como puedes hacia las escaleras, y de repente, todo cuanto ves parece detenerse. Es como si alguien hubiese pulsado "pausa" en una película. Intentas decir algo y tus labios apenas empiezan a moverse... ¿Qué rayos?

Y por si eso fuera poco, de repente aparece una gran burbuja ante ti. En su interior flota un sillón de viejo aunque bien conservado cuero, y cómodamente apoltronado en él, te observa el Doctor Quantum. ¿Pero no había desaparecido?

—Muchacho, tendrás que ser un poco más cuidadoso —te aconseja señalando con un movimiento de cabeza a uno de los robots.

Intentas mover la cabeza para ver a qué se refiere, pero no lo consigues. Sin embargo, ves de reojo con suma claridad, que el tubo láser del robot que Quantum te ha indicado, está proyectando un rojo y brillante rayo hacia ti. Resulta inquietante ver que el rayo avanza con relativa lentitud, teniendo en cuenta que todo está virtualmente detenido.

—Espero que entiendas que las intercepciones espaciotemporales son enormemente costosas en cuanto a planificación y energía —continúa hablando Quantum— y francamente, no me atrevería a garantizarte que la próxima vez acierte con el microsegundo apropiado.

Y dicho esto, el buen Doctor hace un leve gesto con un dedo provocando que toda la burbuja se llene de hologramas técnicos. Otro gesto, y por un momento pareces estar rodeado de una nada gris.

Ahora, puedes regresar a la página 32, y si vuelves a elegir la opción que te ha traído aquí, podemos decirte dos cosas:

1– Tienes que trabajar la memoria.

2– En lugar de ser salvado otra vez por el Doctor Quantum deberás considerar que tu aventura ha finalizado, y que has adquirido un gran parecido con el cochinillo asado al láser, receta que aún tardará años en inventarse.

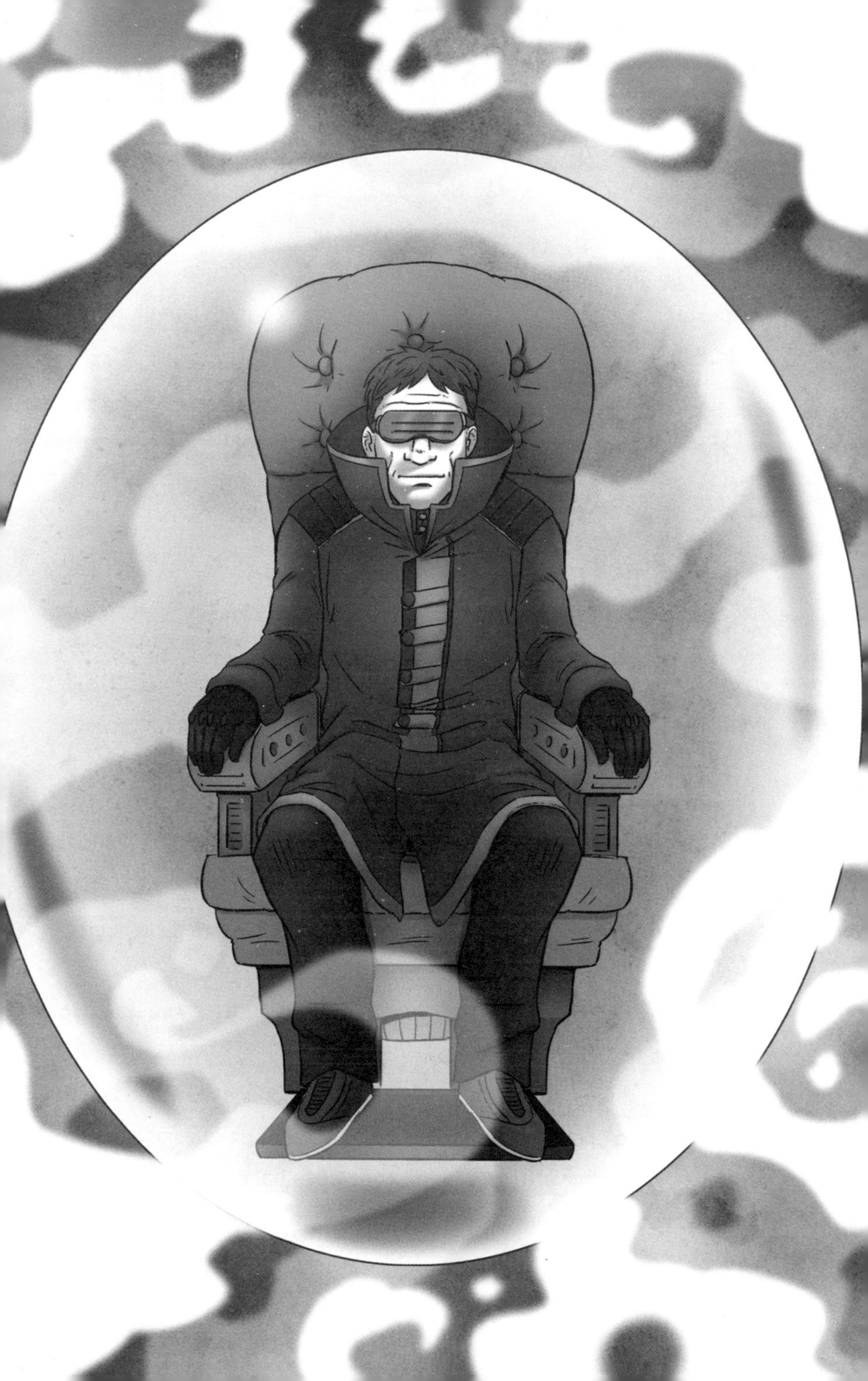

¡A la porra las precauciones! Estás deseando probar la mochila. ¿Cómo se activará? No encuentras ningún botón. Veamos, entornando los ojos puedes ver unos iconos, y uno representa la mochila. Lo miras un instante preguntándote si la mochila funcionará, y al pestañear involuntariamente, la mochila se conecta con un rumor sordo. Sientes una vibración recorriendo tu espalda.

—Peligro. Maniobras de vuelo de elevada dificultad debido a las dimensiones del entorno.

—Bla, bla, bla... ¡Activa ya los propulsores que quiero salir de aquí!

—Propulsores activados. Que tenga un buen día.

Los propulsores gemelos de la mochila se encienden. ¡Te elevas! Procuras mantenerte orientado hacia la puerta que da a la siguiente sala mientras tomas velocidad, pero un robot se interpone en tu camino. ¡Vas a chocar con él! Rápidamente le apuntas con la pistola y disparas. Se produce un destello azul en la punta del cañón y el robot salta en cientos de pedazos, pero tan cerca, la onda expansiva te empuja hacia arriba y a la izquierda... ayayay ¡CRAAACK!

Caes en la otra sala rodeado de astillas del marco de la puerta. La cabeza te duele y te zumba de lo lindo.

—Avería en yelmo de control. El equipo se desconectará en breves mom... click.

Con una ondulante negrura conquistando los márgenes de tu visión, ves que el otro robot se te acerca. A pesar de que todo parece tambalearse y girar a tu alrededor, consigues hacer otro disparo. Lo último que ves, es una cabeza de calamar metálica rebotando a tu lado. Luego, nada.

Al despertar, te percatas rápidamente de que estás en una cama de hospital, y lo segundo que percibes es la severa mirada de un agente de la FLIPAS (Federación Legislativa para la Intervención y Protección en Asuntos Supranormales), perfectamente embutido en su impoluto traje negro. Éste, además, tiene el color de la piel casi a juego con el traje. Los duros rasgos de su rostro y la dirección de las comisuras de su boca dejan claro que no está contento.

—¿Sabes lo especial que era ese casco?

Abres la boca para responder pero no te da tiempo.

—¿Tienes idea de cuánto valdría... si no lo hubiera golpeado ningún desaprensivo?

Uf. Esto huele a bronca de las gordas. Sin embargo, cuando se quita las gafas de sol, sus ojos oscuros delatan un brillo de... ¿interés?

—¿Y sabes lo difícil que es encontrar a jóvenes capaces de ser creativos frente a una amenaza meta-humana? —te dice arrojando una tarjeta sobre tu pecho.

FLIPAS

PASE ESPECIAL PARA AGENTES EN ADIESTRAMIENTO

1138-42

—Pe... pero, pero...

—Pásate mañana por el Parque Central Cláremont. Nosotros te encontraremos —dice girándose y caminando hacia la puerta. Y antes de cerrar tras de sí, asoma la cabeza y añade:— El negro te sentará bien.

Y allí te quedas mirando una tarjeta cuya única "O" parece... ¿Una microcámara?

Tu vida acaba de ponerse muy interesante.

FIN

Como el aspecto de esas armas te intranquiliza un poco, aguardas agazapado tras la gran estatua. Los robots disparan.

Dos enormes chorros de fuego se expanden rociando todo el frontal de la estatua. Te deslizas rápidamente hacia la espalda de la misma evitando las abrasadoras llamas. ¡Menos mal! De haber confiado en tu superior velocidad, el amplio radio de acción de estas armas podría haberte alcanzado con facilidad. Tendrás que extremar las precauciones.

La estatua arde. A diferencia de otras (seguramente por su gran tamaño) está hecha de una especie de cartón piedra. El sistema automático de extinción se dispara y empieza a caer agua por todas partes. Abandonas el escondite de un salto y aprovechas otras figuras para mantenerte a cubierto. Necesitas evitar a toda costa esos lanzallamas, pues notas que el calor afecta a tu nueva piel y a la pequeña criatura adherida a tu nuca.

Pero durante estos instantes que has sido paciente, y has mantenido las distancias observando, te has dado cuenta de algo: estos robots de siniestro aspecto son rápidos y precisos cuando avanzan de frente; sin embargo, les cuesta trabajo cambiar de dirección si ello supone girar más de unos noventa grados.

Pasto del fuego a pesar del sistema anti incendios, la enorme figura del Apisonador se está empezando a inclinar. Imaginando lo que ocurrirá a continuación, esperas un poco tras las figuras que representan a los Megamberros. (La de Eructador Retumbante es también un buen escondite).

Y ocurre: cuando la gran imagen se desmorona reducida en parte a rescoldos, derriba a otras imágenes y forma bastante escándalo. Los robots enviados por Kaótico Phanegas, que han seguido avanzando hacia ti, reaccionan girando para averiguar de qué se trata. Es tu oportunidad.

Apenas es un segundo, pero la velocidad que te proporciona esta piel prodigiosa semejante al exoesqueleto de un insecto, hace que baste. Sales de tu escondite y corres hacia los robots. Adviertes que tus pies también han generado largas y afiladas uñas que se adhieren al suelo proporcionándote tracción, y permitiendo que tu nueva fuerza se traduzca en velocidad (de otro modo resbalarías constantemente). Por desgracia, también tienes tiempo de comprender que tus zapatillas deportivas han quedado agujereadas.

Un leve gesto hace surgir las garras de tus manos durante la corta carrera. Deteniéndote entre los dos robots, dejas que el impulso se sume a la fuerza de tus brazos dando un zarpazo a cada lado. El plástico de los tubos flexibles que otorga movilidad a los robots, es fácilmente hendido por tus duras garras, y cuando éstas cortan el racimo interior de cables, se producen algunos chispazos.

Cada robot queda partido en dos mitades. La parte superior, la que tiene forma de calamar, cae al suelo sin sujeción. Con el agua de los aspersores, los extremos de los cables cortados provocan algunos cortocircuitos, y esto provoca que las extremidades se agiten de modo inquietante durante unos momentos. Saltas hacia atrás para evitar los latigazos incontrolados de los tentáculos. Finalmente, las máquinas quedan inmóviles.

Tus observaciones y paciencia han dado frutos. Está claro que no puedes lanzarte irreflexivamente a luchar con los robots, pero si aprovechas las ventajas tácticas que pueda brindarte el terreno, y evitas los lanzallamas, tal vez tengas una oportunidad.

En cualquier caso, sigues teniendo claro que es absurdo pretender llegar hasta Kaótico Phanegas derrotando a todos sus robots. Sería sumamente arriesgado.

Observas detenidamente la sala en la que te encuentras. Las antenas vuelven a surgir y se agitan analizando el entorno. Gradualmente, los ecos que produce el agua goteando y las corrientes de aire que circulan por la estancia, van proyectando formas de color a tu alrededor. Así, puedes percibir toda una red de conductos para la ventilación del museo tras las paredes.

Te acercas a una de las rejas. Parece sólidamente atornillada, pero con tu nueva fuerza, la sujetas utilizando las garras, anclas bien los pies a ambos lados en la pared, y tiras. ¡Caramba! Ha resultado bastante fácil. Piensas en ello mientras observas tus músculos acentuados por el extraño tejido. Crees apreciar que las placas y fibras que te recubren han cambiado. ¿Puede ser que durante este corto espacio de tiempo se haya estado adaptando a tus necesidades, evolucionando y mejorando? Quizás. De Criatura Vigilante nunca se supo gran cosa.

Finalmente te decides y entras en el túnel de ventilación. Con tus garras en pies y manos, velocidad, y fuerza amplificada, te mueves por los conductos con facilidad aunque ello suponga trepar. Las antenas, gracias a las corrientes de aire, son capaces de percibir los caminos antes incluso de verlos; y para colmo, tu visión en esta casi completa oscuridad es tan clara como a la luz del día. Sin embargo es el oído, también mejorado, el que te permite localizar tu objetivo.

Kaótico Phanegas está soltando una bronca descomunal a unos robots que le han llevado sándwiches y latas de cerveza de la cafetería del museo. Panes y latas han quedado aplastados por los poco delicados tentáculos de metal jamás diseñados para semejantes tareas, y ello parece haber sumido al caprichoso aprendiz de villano en una tragedia griega.

—¿Es que acaso me queréis matar de hambre? —grita observando las maltrechas provisiones depositadas sobre el despacho de información.

Los robots le observan tratando de identificar alguna orden en medio de tanto grito y aspaviento, pero incapaces de ello, se limitan a chequear sus micrófonos una y otra vez. Finalmente, Phanegas se lanza sobre los migajones y los zampa lo mejor que puede. Para su desgracia, de las latas de cerveza sólo consigue sacar unas gotas, y ahora mira a su alrededor sintiéndose muy desdichado.

Lo que Kaótico Phanegas no sospecha es que está siendo vigilado. Apenas un metro a su espalda, tras una reja del sistema de ventilación, observaste cómo soltó el cetro de control para comer. Está sobre la mesa al alcance de sus manos, pero no parece interesado en él mientras lamenta su intolerable sed.

Evalúas la situación. No parece probable que Phanegas o sus robots te descubran muy pronto. Sigues pensando que la mejor opción es quitarle el cetro de control, pero lo tiene tan cerca... Y no puedes quitar la reja sin hacer algo de ruido. ¿Qué harás?

No esperarás más. Echarás abajo la reja y te lanzarás a por el cetro. Ve para ello a la página 116.

Aguardas un poco. Hay que tener paciencia y ver qué ocurre, y para ello vas a la página 97.

¡Aaaaah...! Un momento. ¿Cuál era tu grito de guerra? ¿Que no tienes? Pues sí que empezamos bien.

Sí, al primer robot lo cortas por la mitad de un tajo, pero en cuanto los demás detectan tu presencia y empiezan a converger sobre ti, no por mucho rebanar metal consigues evitar todos los tentáculos. Gláinewin te libra de un par de ellos sacudiendo lo que parecen intensas descargas eléctricas con sus pequeñas manos, pero aún así, uno consigue golpearte en la cabeza.

Pierdes el equilibrio, mareado, y antes de que puedas recuperarte, sientes un intenso dolor al ser alcanzado por un láser en tu mano derecha. Bladestar cae al suelo y te hundes en una creciente negrura. Lo último que presencias antes de perder el conocimiento, es cómo Phanegas golpea con el cetro a la pequeña hada cuando ésta intenta evitar que abra la caja.

Poco más tarde, una negrura aún más oscura que tu inconsciencia lo devora todo cuando el insensato y descerebrado gordinflas abre la caja de Pandora.

FIN

Decidido a enfrentarte con la fortaleza volante de Kaótico Phanegas, comienzas a describir un amplio giro en el intenso cielo azul de Macrópolis.

—Detectando pequeños cambios estructurales en la superficie del artefacto enemigo.

—¿No habíamos quedado en hablar clarito?

—Que tengas cuidado, jovenzuelo; asoman cosas y no será para nada bueno.

En la distancia, apenas distingues un par de ranuras que no recuerdas haber visto antes, y parece que de ellas emerge algo. Instintivamente inclinas el cuerpo para imprimir un giro a tu trayectoria, y entonces empiezan los familiares fogonazos intermitentes de las dos ametralladoras.

Las balas silban a tu alrededor. Aunque te mantienes en constante cambio de rumbo, las ráfagas generan enjambres de impredecibles proyectiles. Es cuestión de tiempo que alguno te alcance, así que tomas una rápida decisión y maniobras aproximándote al Amedrentador; luego igualas su velocidad de ascenso, y te posas sobre él.

—Buena maniobra, muchacho. Los cañones no pueden girar tanto.

—¿Y por qué no me siento mucho más tranquilo?

—Si me permites conjeturar, tal vez sea por los robots que están surgiendo de esa escotilla unos veinte metros a tu espalda.

Sobresaltado, te giras para confirmar que el ordenador del Star Camelot no ha decidido dedicarse al humor negro, y ahí están. Caminan lentamente. El aire que se estrella contra la plataforma les obliga a sujetarse con esas enervantes patas de araña por lo que ahora se mueven con más lentitud. Intentan apuntarte con sus láseres, pero la inestabilidad de la situación les hace desistir, y siguen acercándose con diversas armas de combate cuerpo a cuerpo preparadas. Levantas tu pistola seguro de que esto no va a ser un problema.

—Arma en modo de recarga cinética. Vuelva a intentarlo pasados unos minutos.

—¿Puedes dejar de hablar como un teléfono y decirme cuántos malditos minutos tengo que esperar?

—Ah, disculpa. Siempre prefiero simular que las malas noticias las dan otros.

—¡Cuánto! —insistes mientras los robots siguen acercándose con lento e inseguro pateo.

—Unos catorce malditos minutos, maldición más, maldición menos.

—Genial. Pues no creo que los pueda derribar a base de palabrotas, y tampoco me apetece levantar el vuelo con esas ametralladoras.

—Me temo que la rendición no sea una opción viable. Es lo malo de los villanos: no saben perder, ni tampoco ganar.

Aunque el ordenador del Star Camelot está empezando a tocarte las narices, tiene razón. Tal vez un villano hecho y derecho (bueno, hecho y retorcido) te contase lo bien que había planeado tu derrota; luego soltaría el típico discurso sobre su infalible plan para gobernar inflexiblemente el Universo, y tal vez eso te daría una oportunidad... Sin embargo, tratándose de Kaótico Phanegas, se haría un nudo con su propia lengua y decidiría fulminarte enseguida bajo un lógico ataque de vergüenza.

De repente, tienes una idea.

—¡Entremos!

El momentáneo silencio confirma el desconcierto de tu compañero electrónico de fatigas.

—Es tan estúpido que podría funcionar, pero la pistola no tiene energía ni para forzar una cerradura.

Maldita sea. En eso tiene razón. Vamos, piensa. ¡Y piensa rápido!

—¡El punto de impacto! Tal vez la explosión aflojase algo.

Por toda respuesta, escuchas un zumbido electrónico a través de los auriculares. De inmediato, el visor de tu casco marca con un círculo parpadeante un lugar concreto en la superficie del Amedrentador.

—Prueba con esa trampilla.

Agradecido porque la oportunidad esté en dirección opuesta a los robots que se aproximan, gateas tan deprisa como puedes para ver si hay suerte. El aire amenaza varias veces con arrancarte como si fueses una mosca en el parabrisas de un coche, pero consigues mantenerte. Finalmente llegas a lo que parece una escotilla de evacuación. Está abollada, combada hacia afuera, y parte de su cerradura se ha desencajado. Una ranura ofrece espacio para introducir los dedos. Lo haces y tiras con todas tus fuerzas. Nada.

—Un poco más, chaval. Que no se diga.

Un pequeño crujido. Esperas que no hayan sido tus huesos.

—Vamos, tío. ¿Qué has desayunado?

Empiezas a mosquearte seriamente con esa calculadora listilla, y mientras piensas dónde decirle que se meta sus chistes computerizados, la escotilla cede.

—Teoría confirmada: el enfado proporciona adrenalina, y la adrenalina, fuerza.

—¿Quien está enfadado? —mientes, pero cuando vas a presumir de ser lo bastante fuerte sin que nadie te toque las narices, notas que algo te está haciendo sombra, algo con muchas extremidades que no has oído llegar con el estruendo constante del aire.

Te vuelves justo a tiempo de interponer la escotilla ante el ataque. El aguijón del robot, metal contra metal, arranca chispas al resbalar sobre tu improvisado escudo que, sin pensarlo, arrojas a continuación a la cabeza del enemigo. El impacto no es muy fuerte, pero en tales condiciones basta para que las patas de araña pierdan agarre. Tratando de recuperar el control, el robot agita los tentáculos buscando asidero y lo encuentra. Por desgracia para él, se trata de uno de sus compañeros, y como consecuencia del tirón, le sigue en su caída.

Los dos artefactos de combate resbalan por el casco curvo hasta terminar cayendo por el borde. Con suerte, la ciudad ya habrá quedado atrás. El robot que queda, muy cerca de ti, parece decidido a usar el proyector láser a pesar del tembleque que el viento produce en su tentáculo, pero no te quedas a ver qué pasa y te lanzas al interior de la plataforma.

Recién llegado a casa tras una dura mañana en el campo, Marcial comprueba que su vecino ha vuelto a "aparcar" la furgoneta en su huerto de coles.

—Unos madrugando pa ganar el pan, y otros trasnochando pa jorobar. Leñe—. Se queja Marcial con amargura. Y cavila el modo de escarmentar al borracho del Blas, cuando éste asoma tambaleándose.

—Otra vez me has desgraciao las coles, gañán —acusa Marcial.

—Pos llama al alguacil si te parece, ¿no? Ay, pero va a ser pa na, porque está durmiendo la mona después de la juerga que se pegó ayer conmigo – se burla Blas.

Marcial aprieta los puños.

—Mal bicho gordo se te estrelle en el parabrisas.

—Mucho bicho tendría que ser pa que a mí me importase —se burla Blas justo cuando un creciente silbido empieza a escucharse.

Marcial y Blas hacen visera con las manos buscando el avión o artefacto que causa tal sonido. Perros, gallinas y vacas lanzan desconfiados lamentos.

De repente, dos extraños artefactos caen con enorme estrépito sobre la furgoneta de Blas. Tal es el impacto, que el vehículo queda prácticamente irreconocible. Unas patas como de araña asoman y se agitan arrítmicamente sobre lo que antes fue la parte delantera de la furgoneta. Los dos hombres de campo tardan unos segundos en reaccionar.

—¿Ta bien de grande así el bicho, Blas?

Caes de cabeza dentro de una pequeña habitación. Es tan estrecha que te lleva unos angustiosos segundos poder darte la vuelta. Finalmente, sentado en el suelo, compruebas que estás rodeado de cajas de fusibles, transformadores eléctricos y otros aparatos que no reconoces.

—El sabotaje más fácil de la historia —auguras frotándote las manos justo cuando un tentáculo terminado en un tubo asoma por la escotilla. ¿Cómo puedes haber olvidado al otro robot?

Antes de que el láser chamusque tu despistada cabeza, te impulsas contra la puerta confiando en que ceda. Así ocurre, y caes en un pasillo curvo mientras el suelo de la pequeña habitación es cortado por un fino e intenso haz de calor rojo.

—Por muy poco —dice la familiar voz en tu casco.

—¿Ayudas o trabajas de comentarista? —protestas.

—Es un lugar muy estrecho. Sugiero aumentar las distancias hasta que la pistola esté recargada.

Mientras ves cómo el robot penetra torpemente por la escotilla, decides hacer caso a tu consejero y corres unos metros por el pasillo. Pronto escuchas el familiar repiqueteo de más robots avanzando en dirección contraria. ¡Acorralado!

Miras alrededor, y sólo ves un pulsador en el lado convexo del corredor. Lo accionas. Un mamparo corredizo se echa a un lado revelando un pasillo. Entras y rezas porque la puerta se cierre pronto. Así ocurre.

Sería absurdo esperar a ver si te siguen. Si conocen la nave o tienen la inteligencia artificial de una tostadora, sabrán donde buscarte. Corres hacia lo que sin duda debe ser el interior de la nave, pero cambias de camino un par de veces más con la esperanza de despistar a tus perseguidores.

Finalmente llegas a una estancia circular donde sólo hay una puerta, por la que has accedido, y una escalerilla que conduce abajo. Detrás de ti resuenan decenas de patas metálicas. No hay opción. Desciendes notando que la escalerilla está algo maltrecha (como si hubiese soportado el uso de alguien demasiado pesado) y te encuentras en lo que, a todas luces, parece el puente de mando del Amedrentador Inmisericorde.

La estancia semicircular es como una gran cabina de pilotaje. A través del cristal ves con alivio que la ciudad ya quedó atrás; sobrevoláis el mar. Una luz roja intermitente llama tu atención en un panel.

—¿Qué es eso? —preguntas señalando.

—Apostaría que el indicador del piloto automático, pero yo procuraría bloquear la escotilla antes de que la alcancen los robots.

Piensa... ¡Piensa! Al bajar notaste que la escalerilla estaba bastante desvencijada; tiras con fuerza de un peldaño, lo retuerces, y consigues arrancarlo. Ahora te apresuras a trabarlo en el asa de la escotilla, y lo consigues justo un segundo antes de que algo intente abrirla desde arriba.

—Por muy poco. Te falta rodaje.

El ruido de una cisterna interrumpe tu búsqueda de un exabrupto con el que contestar al ordenador del Star Camelot. ¿De qué te extrañas? Hasta en el vehículo de un súper villano tiene que haber aseos. No estás muy seguro de la proveniencia del sonido, pero por si acaso, te ocultas lo mejor que puedes tras una especie de gruesa tubería vertical que recorre el mamparo trasero.

Otra de esas puertas corredizas se abre y aparece Kaótico Phanegas con la cara colorada y pinta de estar muy enfadado. Lleva el cartón de un rollo de papel higiénico en la mano izquierda, por lo que el motivo de su mosqueo parece muy evidente. En la otra mano sostiene el peligroso cetro de control.

—¿Quién era el responsable de cambiar el papel? —grita mirando alrededor sin reparar en tu presencia—. ¡Bah! Olvidé que los últimos robots fueron a terminar con ese imbécil entrometido.

¡Imbécil! Y lo dice el papanatas que no ha comprobado si había suficiente papel antes de entrar en el baño.

Phanegas se dirige al sillón de comandante con los extraños andares de quien no se siente muy cómodo con su higiene personal. Por desgracia, en ningún momento suelta el cetro.

De repente, los ruidos metálicos que los robots ocasionan intentando abrir la escotilla llaman su atención. El que probablemente es y será el villano menos elegante de la historia, se acerca a examinar la escotilla.

Mientras repara en el peldaño arrancado que la bloquea, lamentas que la pistola siga descargada mientras no puedes creer lo tonto que es este tipo.

—Vamos a ver —empieza a decir— eso está ahí, yo no he sido, sólo no se va a haber puesto, y los que parecen querer entrar son robots de los míos... Hmmmm... —hace pausa rascándose la barbilla.

De repente, Kaótico Phanegas parece conseguir que al menos dos neuronas establezcan contacto y casi da un brinco al envararse cuando llega a una conclusión.

—¡Si hay alguien aquí dentro será mejor que salga! —grita de repente esgrimiendo su cetro y apuntando en todas direcciones.

La cosa se complica. Un vistazo a la escotilla revela que el peldaño de metal está a punto de ceder, y por muy torpe que sea Phanegas, estás en el único lugar de la cabina donde alguien podría apenas ocultarse.

—Bien, chaval; veo que la cosa está muy difícil —susurran los auriculares de tu casco—. Mi sistema de localización indica que estamos ascendiendo al encuentro del Star Camelot. A ésta velocidad, sólo es posible utilizando un generador antigravitatorio con el que esta plataforma de asalto sin duda cuenta. Por otra parte, apenas hay energía para un disparo láser de potencia estándar. Siento no poder ayudarte en mucho más.

Aunque no sabes si te va a servir de gran cosa, agradeces en silencio el informe y analizas rápidamente las circunstancias para tomar una decisión, pues la sombra de Phanegas indica que se aproxima para mirar tras la tubería.

Aún con un solo disparo, podrías encararte con el gordinflas pistola en mano, pero también está el problema de esos robots a punto de entrar, y no sabes qué truquitos ocultos puede poseer el cetro que perteneció al Doctor Perdición (aunque esté en manos de este pánfilo).

La otra posibilidad que se te ocurre es disparar contra el panel electrónico de mandos. Si la nave quedase a la deriva, al menos el Star Camelot estaría a salvo.

Si quieres plantar cara a Kaótico Phanegas pistola en mano, ve hasta la página 95.

Si por el contrario te parece más sensato intentar anular el control de navegación, ve a la página 117.

Con la mano herida es absurdo seguir luchando. *"Mejor vivir para contarlo",* piensas dando otro brinco que te sitúa junto a la rejilla, la agarras con la mano izquierda, y das un tirón. Los tornillos que la sujetaban ceden como mondadientes. Vale, resulta que sí eres fuerte, pero no puedes dar puñetazos al acero. Tomas nota para el futuro.

Saltas al interior del túnel a tiempo de evitar una llamarada. Claro, es un arma de menor alcance pero mayor radio de acción. Estos robots aprenden rápido.

Correteas por las galerías del subsuelo y descubres que puedes hacerlo por las paredes o por el techo con la misma facilidad. Cuando te preguntas por dónde se saldrá del edificio, tus antenas vuelven a emerger y se agitan en todas direcciones. Una vez más, una especie de resplandor se funde con tu percepción visual; esta vez te indica por dónde fluyen las corrientes de aire. Piensas que va a ser fácil. Sin embargo, por seguridad, las rejillas de la planta baja son muy pequeñas. Tendrás que tomar alguno de los conductos ascendentes. Tal vez varios de ellos lleguen a la azotea. Bien, trepar con tus garras retráctiles es sencillísimo. ¡Arriba!

Subes una buena cantidad de metros y ves luz. Parece una chimenea de refrigeración. La reja que la cubre cede con un buen empujón, y de un brinco ya estás en la azotea... ¡pero no solo! Tres robots vigilaban, y en cuanto detectan movimiento se acercan a "saludar".

Te han rodeado y la azotea es demasiado amplia para escapar de un solo salto. Sus lanzallamas te apuntan. Sospechas que quieren convertirte en un exótico bocado de bicho frito, así que te dispones a dar un buen brinco para salir del mortal triángulo, y entonces...

El primer golpe se produce antes de que ni tan siquiera la veas llegar. Amazing Amazon ha usado su pértiga extensible para dar un enorme salto.

Ahora, el primer robot tiene la cabeza de calamar drásticamente abollada y se tambalea hasta caer inerte.

Pero ya sabes que tus puñetazos no sirven contra los robots, así que aprovechando tu superior rapidez, agarras por un tentáculo a uno de ellos, tiras con fuerza, y los haces chocar entre sí. Con eso no los eliminas pero ganáis tiempo. El único que llega a disparar sólo chamusca un poco el suelo.

—Usa tus garras, bobo —te increpa la súper heroína— ¿No eres el nuevo Criatura Vigilante?

—Supongo, pero ellos son de acero —contestas.

—¡Ataca al tubo central! —te grita mientras expande su pértiga al máximo. Eso la eleva doce metros poniéndola a salvo de una llamarada que, en cambio, no puede dañar la madera de su arma mágica.

Como sospechas que tú no eres a prueba de fuego, sigues el consejo de la amazona fintando y golpeando lateralmente. Tu zarpazo corta plástico, cables, produce un fugaz chisporroteo, y el robot cae en dos mitades inútiles.

Amazing Amazon aterriza entonces sobre el robot restante y lo atraviesa con el extremo de su pértiga; más chispas, algo de humo y la máquina cae inservible.

—Ya estás a salvo. Larguémonos y esperemos refuerzos —aconseja la guerrera.

Realmente sería lo más sensato. Te sientes cansado y febril por la mano magullada.

La amazona salta hacia la calle con su pértiga, y tú desciendes por la pared con la facilidad y rapidez propias de una hormiga.

FIN

Crees que lo más apropiado en éste caso es liarse a rayazo limpio. Asomas lo mínimo, apuntas, compruebas que el marcador de blanco del casco señala la cabeza del robot más a tu derecha, y...

—Intruso. Arroje el arm...

Aprietas el gatillo y la extrañamente modulada voz electrónica se detiene dando paso a una escandalosa explosión. Pedazos de metal, plástico, tuercas, chispas y otros fragmentos menos reconocibles se expanden repentinamente por la habitación rebotando por todas partes. Volutas de furiosas llamas se disipan dando lugar a una acre humareda que provoca esta reacción en tu nuevo casco:

—Equipo de respiración autónomo activado.

Y de la parte inferior de los laterales surgen unos tubos terminados en piezas que, unidas, forman una máscara respiratoria. Ésta se adhiere a tu boca y te suministra aire limpio. Pero, ¿dónde está el otro robot?

La respuesta llega cuando una pantalla táctica empieza a parpadear cerca de tu límite de visión izquierdo. Te giras rápidamente, y casi te das de narices con él.

El robot también acaba de detectarte. La explosión debió de anular sus sensores por momentos y ahora empieza a actuar alzando un tentáculo para golpearte. El apéndice de metal termina en una maza de pinchos que intercambian relampaguitos nada tranquilizadores. Alzas la pistola y disparas.

—Proximidad peligrosa. Cambiando a P.E.D.O.

— ... ¿Cómo?

Se produce un pequeño chispazo en el cañón de la pistola. Por un momento piensas que es una broma de mal gusto, pero entonces adviertes que la luz del ojo electrónico del robot ha desaparecido. Curiosamente, las pantallas de la sala que están detrás del robot, también se han apagado. Sin más, todas las extremidades del robot parecen aflojarse como si su marionetista hubiese cambiado repentinamente de vocación.

—¿Qué ha sido...?

—Pulso Electromagnético Direccional Oclusivo. Se recomienda desactivar robot antes de cinco segundos.

Aguantándote la risa, examinas los esquemas técnicos en las pantallas del casco y descubres que hay un botón de desconexión bajo el reborde posterior de la cabeza con forma de calamar. Sería imposible alcanzarlo con el robot en marcha, pero así... ¡Clic!

Bien. Hay que continuar. Pasas a la sala siguiente. Es mucho más amplia. Según tus pantallas tácticas mide 60 por 30 metros. Está plagada de estatuas de los diferentes villanos que han ido surgiendo en Macrópolis a lo largo de su historia, y al fondo hay una escalera amplia que conduce a los pisos superiores. No tienes mucho tiempo para pensar. Golpecitos metálicos delatan la aproximación de... seis robots según el procesador de sonido, que ya ha evaluado un perfil del enemigo.

Sabes perfectamente que Defensor Estelar basaba su superioridad en el vuelo, y te ha ido muy justo contra sólo dos de esos robots hace un momento.

—Tendré que volar como sea —murmuras...

—Cohetes listos y sistemas en verde. ¿Desea instrucciones?

Los robots empiezan a llegar y van tomando posiciones por la sala. Dos de ellos ya te apuntan con lo que parecen tentáculos dotados de láseres en sus extremos.

—¡No hay tiempo para instrucciones!

—Intruso. Arroje el arma y tírese al suel...

La voz del robot queda ahogada por el zumbido de los impulsores gemelos. Sientes cómo las tripas se te estrujan empeñadas en ir a saludar a tus pies, pero antes de poderte acostumbrar a la sensación, te inclinas instintivamente para modificar tu curso de vuelo y no fastidiar los bonitos artesonados que cubren el techo. Por desgracia, los robots no tienen esos remilgos. Varios haces de coherente y delgada luz roja chamuscan el techo provocando feos surcos, y alguno se acerca más de lo que te gustaría.

—Me la voy a pegar —dices en un gran alarde de sentida sinceridad.

—El sistema de diagnóstico recomienda encarecidamente la elección de espacios abiertos para usuarios principiantes.

—¡Ja! ¿Y qué recomienda el sistema de diagnóstico para salir de aquí sin que nos hagamos pedazos?

—La claraboya cedería a un disparo de proyección cónica y corto alcance que ya está programado en la pistola. La reducción del sarcasmo también puede ser beneficiosa aunque ayude a superar el estrés en situaciones tensas.

—Me parece estupendo —contestas mientras inclinas el cuerpo para seguir la ruta recomendada y disparas a la claraboya, que salta hecha añicos justo antes de que la atravieses.

Estás en el exterior y asciendes hacia un cielo apenas salpicado por alguna nube. El visor del casco se oscurece un poco acomodándose al aumento de luz. Sientes un intenso vértigo mientras sigues y sigues subiendo. Un vistazo abajo revela que nadie te sigue, y ahora te das cuenta de que estás empapado en sudor y respiras de modo acelerado.

—El piloto automático está preparado para hacerse con el control cuando el usuario consiga desmayarse debido a la hiperventilación.

—Eh! ¡Ya vale! ¿Podemos dejarnos de protocolo y retintines?

—Captado, chaval. Dime qué quieres hacer y te echo un cable.

¡Caramba! Menudo cambio de estilo.

—Un momento. No soy ningún genio pero un ordenador tan avanzado no cabe en un casco.

—Correcto. Soy la computadora del Star Camelot, oculto en órbita a la Tierra.

Tremendo. ¿Quién hubiera supuesto que el viejo bajel espacial de Defensor Estelar aún estuviese activo?

—¡No imaginaba que aún funcionase!

—En realidad, yo soy casi lo único que funciona a estas alturas, pero el soporte de vida aún es operativo, por lo que podrías ocultarte allí.

—¿Ocultarme? Tenemos que detener a Kaótico Phanegas antes de que se apropie de los objetos del museo.

—Pues tal vez haya cambiado de idea. Mira hacia abajo, muchacho.

La plataforma de asalto que perteneciese al Dr. Perdición ha despegado desde la azotea del museo y asciende detrás de ti como un clásico platillo volante de cincuenta metros de diámetro y pulido metal cromado.

—Pero no tiene sentido. No le puede haber dado tiempo de coger casi nada.

—Lo que parece indicar que llevas contigo la pieza más preciada del botín.

—¿Este casco? Vamos, no fastidies. Mola un montón, pero no se puede comparar con el martillo de Th...

—Olvidas que este casco es la llave del Star Camelot.

—¿Pero no era un secreto?

—No para quien tenga acceso a los archivos del Dr Perdición, y disculpa que interrumpa la charla pero esos cuatro proyectiles que acaban de surgir de la plataforma de asalto vienen hacia nosotros.

Ni siquiera tienes que mirar hacia abajo para comprobarlo. Las pantallas de tu casco muestran los cuatro misiles ganando velocidad y aproximándose mientras dejan cuatro estelas de espeso humo que el Amedrentador Inmisericorde va desordenando a medida que también asciende, aunque más lentamente.

—¡Nos van a alcanzar!

—Caramba, muchacho. Estás hecho todo un vidente. Si sobrevives puedes llegar a estrella de la programación televisiva de las madrugadas.

—No le encuentro la gracia —protestas.

—En realidad yo tampoco, pero eres tú quien está al mando y mis programas no han sido capaces aún de simular una opción aceptable.

¡Genial! Parece que Defensor Estelar trabajó más la inteligencia artificial para el sentido del humor que para el combate aéreo. Veamos, hay que conservar la calma...

¿Calma? ¡Qué calma ni gominolas en vinagre! Según las pantallas el primer impacto se producirá en... ¡diecisiete segundos!

—¿No podemos aumentar la velocidad?

—Acéptalo, chico. En un periodo corto de tiempo esos proyectiles son más veloces que nosotros.

Dos cosas se te ocurren a toda velocidad:

Puedes probar a hacer maniobras evasivas, piruetas, o lo que sea para despistar a los cuatro misiles en la página 16.

Si prefieres hacer uso de la pistola para detenerlos, vamos a la página 48.

Con los demonios aleteando muy cerca, propones entrar en el edificio. Amazing Amazon está de acuerdo.

Saludáis al anciano matrimonio al pasar a través de su piso, y les aconsejáis que sigan tras el sofá sin dar los buenos días a los demonios.

Al llegar a las escaleras decidís que es un buen lugar para esperar y devolver golpes. Incomodados por las estrecheces del interior, los guerreros infernales llegan casi en fila de a uno. Algunos son acariciados por tus garras y otros por la vara mágica de la amazona. Retrocediendo poco a poco, vais subiendo las escaleras manteniendo al enemigo siempre al frente.

Poco a poco, los demonios parecen entender que no pueden alcanzaros así. Entonces comienzan a murmurar:

—Abraxar, Abraxar, Abraxar...

—¿Qué es "Abraxar"? —preguntas—. Suena como una nueva marca de alitas de pollo picantes.

—Podría ser, pero en lugar de eso es el nombre de un legendario habitante del infierno —responde la amazona.

—¿El tipo que vimos antes?

—Sí, y le están pidiendo que se encargue de nosotros. ¿Ves cómo se apartan para dejarle pasar?

Abraxar aparece, pero por la forma en que golpea y chilla a sus soldados no parece muy contento.

Está claro que no le gusta la idea de combatir en unas escaleras que le impiden volar. Por eso, más que luchar, procura obligaros a subir.

Y lo hacéis, pero lentamente y derribando de vez en cuando a algún enemigo que se acerca demasiado. De este modo vais ganando tiempo, hasta que llegáis a la puerta que conduce a la azotea. Está cerrada, pero un puntapié de Amazing Amazon rompe con facilidad el cerrojo.

Cuando por fin salís al exterior, notáis que hay más luz. Un vistazo revela que hay un hueco entre las nubes, y cuando los ojos se os hacen a la claridad, veis llegar a los responsables.

Ultrachica y Ultranota hacen rápidas pasadas golpeando a varios demonios a la vez. No les conceden la más mínima oportunidad, y con vuestra ayuda, el enemigo decrece en número rápidamente.

Cuando Abraxar intenta salir a la azotea, descubre que casi no cabe en la caseta, y mucho menos por la puerta. Furioso, golpea con el hacha reduciéndolo todo a escombros.

Eso levanta una tremenda polvareda. El gran demonio agita las alas para apartarlo, pero alguien más astuto puede usar sus sentidos ampliados para que tal obstáculo no suponga un problema. Cuando Abraxar consigue ver de nuevo, está recibiendo tus certeros zarpazos. De las heridas de su pecho manan llamas, y el fuego le reduce a cenizas.

Poco a poco, de los demonios sólo queda polvo. Es una pena que no se hayan podido evitar los daños al museo; y la desaparición de un ser humano, aún tratándose de Kaótico Phanegas, siempre es trágica. Pero tus decisiones han salvado la ciudad.

En la azotea, los superhéroes intercambiáis saludos. Compruebas que puedes retirar la piel alienígena siempre que quieras (cosa que a Amazing Amazon parece agradarle) pero quedarás fundido con el alienígena para siempre...

FIN

Saltas desde tu escondite tras la tubería pistola en mano y te colocas detrás la escalerilla metálica de acceso.

—Tira el cetro y ríndete, Phanegas —improvisas poco contento con tu falta de originalidad.

Del mayúsculo susto, tu contrincante da un respingo y casi deja caer el cetro, pero manoteando nerviosamente consigue mantenerlo entre sus manos.

Su actitud no parece la de un tipo que va a rendirse, pero no te gusta la idea de disparar un arma mortal contra un ser humano, así que vuelves a advertir:

—Si no sueltas ese chisme, disparo.

Pero cuando Kaótico Phanegas consigue coger el cetro como es debido, no duda en apuntarte y...

Justo antes de que oprima el botón de disparo te echas a un lado. Algo en ti se resiste a disparar contra un ser humano (aunque sea una colección de michelines), pero de la esfera que remata el cetro, surge un relámpago eléctrico que impacta cerca de donde te encontrabas escondido hace un momento; justo en esa tubería tan gorda que ahora ha comenzado a hincharse y a ponerse al rojo vivo.

De repente se escucha un chasquido metálico.

El peldaño de metal ha cedido y la escotilla se abre dejando entrar a un amasijo de robots que caen entre Phanegas y tú, justo cuando estabas a punto de disparar ante la tozudez del gordinflas.

—No es por criticar tu estilo para llevar la situación, pero estimo que una violenta explosión de plasma se producirá dentro de 7,2 segundos.

Los robots se están poniendo en pie (o en patas) mientras Kaótico Phanegas se desgañita ordenándoles que te conviertan en churrasco de héroe aficionado. Una vez erguidos ves que son nada menos que cuatro.

Tienes que tomar una decisión.

Puedes disparar contra el primer robot que se disponga a atacarte. Si eso te parece buena idea, ve a la página 101.

O tal vez prefieras disparar contra el mamparo de cristal de la cabina. Para ello, ve a la página 106.

Armándote de paciencia, sigues observando desde tu escondite en el interior del muro.

Mortificado por la sed que le ha ocasionado su glotonería, Kaótico Phanegas sigue despotricando contra la ineptitud de sus robots. Su perorata es aburrida, torpe y poco imaginativa, pero de pronto enmudece. Sus ojos parecen haberse agrandado al ver algo que está más allá de tu campo de visión, y seguidamente se larga. Pegas la cabeza a la reja para tratar de averiguar de qué se trata, y allí está: una simple fuente donde los visitantes del museo suelen refrescarse.

Y es entonces cuando te das cuenta de que ahí mismo, sobre la mesa, yace momentáneamente olvidado el cetro que perteneció al Doctor Perdición.

Puede que la oportunidad no se repita. Empujas la reja con decisión sin preocuparte del ruido que pueda hacer al caer, saltas sobre la mesa y agarras el cetro.

Phanegas se ha dado la vuelta y te observa con los carrillos llenos de agua. Al ver lo que ocurre la espurrea toda.

Al principio das por hecho que ya has ganado. Sin el cetro no se puede mandar sobre ninguna creación del Doctor Perdición. Sin embargo, la última orden dada a algunos robots debió ser destruir a cualquiera que entrase sin permiso o algo así, porque se acercan varios, y no parece que sea con buenas intenciones.

No tienes ni idea de qué botones hay que pulsar en el cetro para dar órdenes o anularlas, y toquetear sin saber lo que haces podría activar algún tipo de trampa.

La opción más simple y menos original puede ser a veces la mejor. Dado que todas las ventanas siguen cerradas por las placas del sistema de emergencias, vuelves de un brinco a los conductos de ventilación.

Para tener las manos libres, enganchas el cetro de control en tu cinturón. Te alejas por el estrecho túnel dejando atrás por muy poco a un racimo de tentáculos robóticos que intentan atraparte a ciegas.

Pronto descubres que hay algo de luz en las ramificaciones que suben. Viene de arriba, así que tomas una y asciendes rápidamente suponiendo que llegan hasta el tejado. Efectivamente, una reja que apartas con facilidad, es lo único que te impide llegar a la cima del museo.

Aunque Macrópolis no sea la ciudad del planeta con el aire más limpio, el que por fin respiras en la azotea te resulta de lo más refrescante. Ahora sabes que no te gustaría reencarnarte en una cucaracha. ¡Habrá que portarse bien! Y enfrascado en tales elucubraciones trascendentales te das la vuelta y casi saltas de la impresión al ver una plataforma de asalto del Doctor Perdición casi tan grande como la azotea del museo. Ya sabes cómo ha llegado el gordinflas.

Es entonces cuando tus aguzados sentidos te advierten de que alguien está intentando abrir la puerta de la caseta de acceso. A falta de llave, quien quiera que sea está dando golpes cada vez más fuertes. El último destroza cerradura y goznes, y el autor te hace tragar saliva al hacer su entrada.

El enorme ogro de combate ha tenido que romper el dintel de la puerta para poder salir. Detrás, Phanegas le arenga:

—Ahí le tienes. Destrózale y devuélveme mi cetro —chilla sin asomarse demasiado.

Sopesas la situación: es evidente que Phanegas se ha apoderado del espejo mágico de Baba Yaga. Afortunadamente, sólo puede convocar una criatura mágica por día.

El ogro es enorme, muy fuerte y su piel como de piedra. Tiene una maza con la que podría demoler un búnker. Tal vez sea algo lento, pero parece capaz de echar abajo el edificio luchando. Por otra parte, el riesgo de que Phanegas recupere el cetro de control es inaceptable; volvería a tener el mando de los robots y de esa enorme máquina voladora repleta de armas.

Resuelto a no correr riesgos irresponsables, vas hacia un extremo de la azotea. Mientras el cetro de control esté contigo, Phanegas no podrá hacer gran cosa, piensas satisfecho cuando sientes los temblores. Miras fugazmente hacia atrás sin pararte y ves al ogro avanzando maza en mano. Resulta que corriendo no es nada lento. ¡Menudas zancadas!

Necesitas un plan "b" y rapidito. Miras a tu alrededor y ves una vieja antena de televisión sujeta a un muro. Está asegurada con varios cables y vas a pasar corriendo bajo uno de ellos. No te lo piensas dos veces y saltas. Te agarras al cable sin esfuerzo, pero descubres que está muy oxidado. ¡Se rompe! Tus manos, bien protegidas por la piel extraterrestre, no sufren daño al resbalar un poco, pero el balanceo es un absoluto descontrol que, por suerte, empieza por alejarte del ogro.

Sin embargo, de no soltar el cable te columpiarías hacia el otro lado, y prácticamente caerías en brazos del nefasto gigante. Tampoco esta vez necesitas pensarlo: te sueltas, y caes encima de la plataforma de asalto. ¡Caramba! Esto sí que no lo tenías previsto. El ogro vuelve a tomar carrerilla y tú te alejas hacia el centro del aparato volador cuyo diseño recuerda a un clásico platillo volante. Inesperadamente, el enorme bruto surgido de alguna dimensión mágica salta también sobre la plataforma.

¡Otra vez a correr! Aceleras tanto como puedes, y cuando te vienes a dar cuenta, la plataforma y la azotea se te están terminando. Vas tan deprisa que no sabes si podrás frenar a tiempo, y en caso de hacerlo quedarías al alcance del ogro.

Podrías seguir corriendo hasta el borde de la plataforma y saltar. En esa dirección está la fachada de un edificio de viviendas de lujo que es un poco más alto que el museo. Pero ¿y si terminas cayendo a la calle?

La otra opción sería intentar detenerte y evitar que el ogro te convierta en tortilla de adolescente con aderezo alienígena.

Tendrás que decidir:

Si te sientes capaz de saltar, ve hasta la página 102.

Y si prefieres dar el frenazo, pues a la 128.

El robot que ha caído más cerca de ti levanta su tentáculo, pero el láser de tu pistola perfora su único ojo y la máquina se desploma como el montón de maquinaria averiada que es.

Pero otro robot ya ha conseguido sujetarte por un brazo...

—Oye, chaval. ¿Qué parte de "Violenta explosión de plasma" es la que no entendiste?

Un enorme fogonazo surge de la tubería y se detiene centímetros antes de alcanzarte. La esfera de fuego blanco aún crece muy lentamente mientras todo parece inmóvil. De repente, te das cuenta de que una burbuja cristalina ha aparecido a tu lado. Flotando en el centro de ella, un hombre de edad indeterminable te observa desde un viejo sillón. Su atavío es una mezcla de prendas cómodas de diferentes épocas de la historia.

—¡Doctor Quantum! —exclamas al reconocer a uno de los hombres más poderosos del Universo.

—Sí, sí, sí... —dice él tamborileando con los dedos en el recio y viejo cuero – pero aunque tu entusiasmo sea de agradecer, y el valor no se te discute, deberías tomar decisiones con algo más de proyección.

—Eso mismo estaba a punto de decirle yo, pero como iba a convertirse en una nube de cenizas... ¿A quién se le ocurriría...?

—Deja de refunfuñar, Star Camelot, y ayuda al joven guerrero a cumplir su destino.

Vas a decir algo justo cuando Quantum te señala, y todo se vuelve gris e impreciso a tu alrededor. Bien, da las gracias al Doctor Quantum y vuelve a la página 96. Si vuelves a pasar por aquí, hazte revisar el cerebro y considera que has desaparecido en una enorme sucursal del corazón del sol, pues Quantum sólo podría ayudarte una vez en esta parte de tu aventura.

No confías en poder frenar a tiempo, así que sigues corriendo y procurando calcular dónde tendrás que dar la última zancada. Cuando empiezas a apreciar la altura te arrepientes de tu decisión, pero ya no hay vuelta atrás: tomas impulso con todas tus fuerzas. Jamás habías sentido tanto vértigo. Sin embargo, algo te dice que estás preparado para esto (seguramente es porque has perdido la chaveta).

La tremenda descarga de adrenalina dilata la percepción del momento. Aún estás subiendo y has recorrido mucha distancia, sin embargo, todavía queda la peor parte. Empiezas a descender aumentando la velocidad en la segunda fase de la parábola. Tienes la sensación de que falta algo: ¿será el sentido común? ¿Alguien lo ve por ahí detrás? ¿Y qué es ese cosquilleo sobre tus omóplatos? No puedes evitar concentrarte en la extraña picazón...

Y de repente lo sientes: algo zumba y vibra en tu espalda. Notas cómo te haces más ligero y la curva de tu caída se suaviza. Hay un gran balcón allí delante, pero parece que no vas a caer en él por poco... Un momento. ¡Sí! Al concentrarte, has cambiado ligeramente la trayectoria de caída, y con relativa suavidad, te posas dentro del balcón. En los últimos instantes has podido ver tu reflejo en el vidrio de las puertas. Resulta que tienes élitros y alas, como los escarabajos. ¿No es alucin...? De pronto te das cuenta de que no estás solo.

Unos metros a tu derecha, una anciana te observa con mirada indescifrable. Delante de ella hay unas macetas con geranios, y en su mano sostiene un bote de insecticida especial para plantas. La señora parece meditar, y entonces pasea la mirada entre sus geranios, su anti-pulgones, y el bicho que acaba de caer en su balcón. Finalmente, la venerable mujer deja caer el insecticida con desgana y regresa al salón de su casa.

Sacudes un poco la cabeza para quitarte la extraña sensación de irrealidad en que has quedado sumido. Entonces recuerdas al ogro, y te vuelves para ver qué ha sido de él.

La enorme criatura mágica está colgando del borde de la plataforma. Al parecer no consiguió detenerse a tiempo, y ahora sólo unos dedos le separan de... Bueno, ahí va.

El ogro cae aullando lastimosamente para terminar estampado contra un carísimo deportivo amarillo. El automóvil estaba indebidamente aparcado delante de una rampa para carritos de bebés y sillas de ruedas. No puedes evitar sonreir.

Parece que el ogro ha quedado inconsciente por el porrazo. En el fondo, sientes un poco de lástima. Y... ¿Qué son esos gritos? Alzas la mirada y ves a Kaótico Phanegas dando brincos de rabia sobre la plataforma de asalto. No te enteras muy bien de qué dice, pero distingues palabras sueltas como "destripar", "triturar", "despellejar", y otras decididamente inapropiadas para figurar en un libro para todos los públicos.

¡Eh! Un momento. ¿Qué te impide ahora ir a por ese bocazas gordinflas? Ya no puede mandar robots ni ogros contra ti, así que... ¿Qué está sacando ahora del bolsillo?

Parece que Phanegas encontró algo más en el museo. No puedes verlo muy bien desde donde estás, pero parece una especie de silbato tallado en madera o hueso. Se lo lleva a los labios... ¿Por qué te da esto tan mala espina?

Al principio es sólo un pitido molesto, pero poco a poco se va transformando hasta parecer un desgarrador grito de angustia, luego de muerte, y finalmente de algo tan aterrador que no sabrías ponerle nombre. El cielo ha comenzado a oscurecerse. Miras hacia arriba y contemplas con creciente inquietud cómo unos nubarrones del color de la sangre están surgiendo de la nada. Pronto el azul del cielo es engullido, y todo se sume en una penumbra cobriza. En la azotea del Súper Museo, Phanegas ríe como un demente.

—¡Ahora vas a ver! —grita señalándote.

Sea lo que sea, no te apetece permanecer esperando. Saltas a la fachada del edificio y trepas hacia los tejados. Mientras subes, algo enterrado en tu mente parece querer salir a la superficie... ¡Sí! Ahora lo recuerdas.

Apenas tenías unos cuatro años, pero no has olvidado el estupor de tus padres viendo las noticias en televisión. Macrópolis vivió una de sus peores experiencias cuando un arqueólogo terminó de limpiar un antiguo instrumento desenterrado no recuerdas dónde... y probó si aún funcionaba. El resultado fue espeluznante, atroz, trágico... Sólo los superhéroes pudieron salvar la situación, y tardaron días.

Sobre el punto más alto del edificio, un gran depósito de agua muy común en la arquitectura de Macrópolis, miras a tu alrededor con la esperanza de que Phanegas soplase fatal y llenase esa vieja flauta de saliva, ofendiendo así al gran espíritu de la magia negra... o algo por el estilo. Pero te equivocas. El mal no es nada exigente cuando surge su oportunidad.

Los ciudadanos de Macrópolis corren a refugiarse reconociendo con estupor lo que está ocurriendo. Un viento frío y cruel, que penetra en los huesos arrebatando la esperanza, ha empezado a soplar. Las extrañas nubes se arremolinan en el cielo definiendo poco a poco lo que parece un túnel, y a través de él, empiezan a llegar. La mera visión estremece de tal modo que son muchos los que quedan paralizados, incapaces de huir.

Portan cascos, corazas y armas de metal oxidado. Son vagamente humanos, pero sus cuerpos apenas vestidos con raídos trapos parecen momificados. Cuando respiran con un seco y sibilante rumor, sus ojos como brasas aumentan en intensidad. Pies y manos recuerdan a las garras de un lagarto aunque, sin duda, lo más siniestro son esas correosas alas de murciélago con las que vuelan erráticamente.

Pero Phanegas debió hacer sus deberes antes de dar la nota. La primera víctima años atrás fue el desdichado arqueólogo. Ahora, el primer grupo de demonios se abate sobre aquél que les ha convocado.

Y entonces aparece Amazing Amazon. Ha saltado con su pértiga mágica desde otro edificio cayendo sobre los demonios que atacan a Phanegas. Con su aspecto de diosa griega de ébano, haciendo crujir los huesos de los horribles enemigos, infunde valor en tu corazón.

Te lanzas sin pensarlo. Las alas a tu espalda obedecen como si siempre hubiesen estado allí, permitiéndote llegar a tiempo al combate. Entras en la pelea propinando zarpazos a dos manos; esquivas un hachazo aquí y una lanzada allí. Trozos de demonio caen por doquier. Poco a poco, vencéis al grupo.

—Gracias —dice la guerrera con sorprendente calma— pero son demasiados —añade señalando al ejército de pesadilla que sigue descendiendo.

Puedes seguir luchando a pesar de la observación de Amazing Amazon, en la página 51.

Aunque también podríais refugiaros en el interior de la plataforma de combate. Podéis intentarlo en la página 110.

Un enfrentamiento en tan desiguales circunstancias sería una estupidez. Lo tienes claro: hay que buscar una salida alternativa, y con tan poco tiempo para pensar, sólo se te ocurre disparar al cristal de la cabina.

No puedes permitirte fallar, y delante de ti hay demasiado metal y carne, así que saltas a un lado con tanto impulso como tus piernas pueden darte (en un espacio tan reducido no te atreves a activar la mochila) y realizas tu único disparo.

Al principio, el material transparente sólo se ennegrece en el lugar alcanzado; Phanegas y los robots te observan tendido en el suelo como si fueras una mosca que se ha dedicado al equilibrismo en tela de araña, pero un instante después, de la mancha oscura empiezan a surgir grietas y crujidos.

—Oh, oh —dice Phanegas sin entusiasmo.

Con un estruendo inesperadamente violento, todo lo que no está sólidamente atado en el interior de la cabina es proyectado al espacio. Eso incluye a cuatro robots, un hombre gordo, seis cajas vacías de pizza, ocho de muslos de pollo rebozado, nueve latas de refresco y un joven con los atavíos de Defensor Estelar. Adivina quién es el único vestido para la ocasión... Acertaste: tú.

Proyectados a gran velocidad y girando sin control por el espacio, Kaótico Phanegas y los robots van camino de la más literal perdición. Conocedor de los rigores del vacío extraplanetario (como todo buen aficionado a la ciencia ficción) sabes que el gordinflas no sobreviviría más que unos segundos en el vacío, así que maniobras para recatarlo. Desprovisto de su cetro por la violencia de la descompresión, Phanegas se deja arrastrar al borde de la inconsciencia. Pero ¿podrás llevarle a tiempo a alguna zona presurizada y atmosferizada de la plataforma?

Antes de que puedas intentarlo, un extratojet de la FLIPAS (Federación Legislativa para la Intervención y Protección en Asuntos Supranormales) os succiona con su tubo de rescate. Bien por los tipos de negro del gobierno. Lo cierto es que suelen ocuparse de alienígenas y monstruos, pero tratándose de Phanegas, bien pueden hacer una excepción.

El tubo de succión os lleva hasta una esclusa. El acceso al exterior se cierra, y un siseo indica que se está presurizando la cámara intermedia. Segundos después, la escotilla de acceso al extratojet se abre revelando a dos Agentes de la FLIPAS cuyos rostros muestran un humor a juego con sus trajes.

—Ningún movimiento que implique algo más que respirar —dice el pelirrojo con coleta.

—O podéis daros por protoplasma —añade la chica de la media melena lacia.

—Lo que vosotros queráis, pero aquí el que quiere conquistar el mundo es éste.

Los dos agentes te observan e intercambian un discreto cuchicheo, parece que tu aspecto les es familiar.

—No sabíamos que Defensor Estelar tuviera un sucesor —dice la chica— pero cualquiera a quien su sistema de selección haya aceptado, merece nuestra confianza —añade con un saludo.

—¿Selección? ¿Aceptado? —preguntas extrañado.

—No es de dominio público —explica la agente— pero todos los agentes de FLIPAS saben que el ordenador del Star Camelot fue programado por Defensor Estelar para aceptar un único sucesor especialmente capacitado y exigentemente testado. Como los primeros individuos preseleccionados fueron rechazados, el equipo fue depositado temporalmente en el museo hasta que se acordase un nuevo perfil de búsqueda.

—Curiosamente, Defensor Estelar advirtió que sería el destino quien encontrase un sucesor —dice el joven mirándote por encima de sus gafas de sol como si no pudiese terminar de creerlo.

—Obvia e inesperadamente —agrega ella— se trata de ti, muchacho.

—Bueno, yo pasaba por allí... —dices abrumado y casi sin poder creerlo.

—Enhorabuena, chaval; no quise decírtelo demasiado pronto para evitar que el éxito se te subiese al casco— dice una familiar voz en tus oídos.

El agente se lleva entonces una mano al comunicador de su oído derecho.

—Vaya, Ultrachica se nos une para escoltar al detenido. Seguro que le gustará conocer a quien ha sucedido a Defensor Estelar y detenido una plataforma de asalto del Doctor Perdición en el mismo día.

—En cuanto al señor "soy-malvado-original-y-voy-a conquistar-el-mundo" —dice ella al ver que Phanegas recupera el conocimiento— en la prisión especial del Domo le procurarán buena alimentación y beneficioso ejercicio físico.

—¡Nooooooooooooooooooooooooooooooooo!

En el espacio, nadie (aparte de vosotros, claro) puede escuchar los gritos de Kaótico Phanegas.

FIN

—Tienes razón, refugiémonos en la plataforma de asalto del Doctor Perdición —propones decidido.

—¡Es mi plataforma! —protesta Phanegas.

—Tú te callas —interviene la amazona—. ¿Tienes las llaves de eso? —te pregunta.

—Las tengo —afirmas mostrando el cetro— y éste me va a decir ahora mismo con qué botón se abre.

Phanegas traga saliva.

Y segundos después ya estáis subiendo por la rampa de acceso a la plataforma. En cuanto estáis dentro activas el cierre, pero tres demonios han conseguido colarse. Un zarpazo y son dos, un golpe de bojutsu y sólo queda uno. El tercero cae... ¿De un sartenazo?

—Es lo que tenía más a mano —se excusa Phanegas—. Ayer desayuné panceta aquí mismo.

¿Quién lo hubiera pensado? ¡Phanegas ayudándoos!

—Si conseguimos que esto despegue podemos atraer a los demonios alejándolos de la ciudad —opina Amazing Amazon.

—No se me ocurre nada mejor —dices con sinceridad—. A la cabina, Phanegas.

Extrañamente, el fracasado villano parece complacido con la idea de ayudar.

La plataforma es demasiado grande para maniobrar frente a los demonios, así que una vez en la cabina el plan es simple: despegar y alejarse de la ciudad.

Phanegas pone el piloto automático y os señala dos asientos a ambos lados del de pilotaje. Al descubrir para qué sirven, sonríes bajo tu segunda piel.

Los demonios se están abriendo paso a través del fuselaje con sus armas. Comenzáis a disparar.

Las ametralladoras os permiten ganar tiempo arrancando a muchos demonios de la plataforma, pero pronto empiezan a aparecer indicadores de avería.

—Están entrando por los conductos de ventilación —informa Phanegas. En la bodega hay algunos robots...

—Bien —dices dándole el cetro—. ¡Cuidadito!

—¿Tienes un plan? —pregunta la amazona.

—Confía en mí.

Abraxar está furioso. Un demonio de su categoría arrastrándose por angostos túneles y luchando contra títeres metálicos construidos por humanos... ¡Ignominioso! Arrancándose el tentáculo del último robot destrozado, llega hasta donde el olor de humano es más intenso. Un golpe de hacha destroza la puerta y...

—¡Aquí no hay nadie! —ruge.

Por toda respuesta, llega el sonido de una voz electrónica: "2..1..0"

Desde la cápsula de salvamento, sonreís contemplando la autodestrucción de la plataforma de asalto.

—Por fin voy a ser famoso por algo —exclama Phanegas.

—Si el juez escucha al psiquiatra, tal vez no salgas muy mal parado —opinas.

—Si por mí fuera iría a galeras —sentencia Amazing Amazon— ¿Y tú como sabías lo de la cápsula de salvamento? —añade.

—Es lo que tiene coleccionar cromos de superhéroes —dices aliviado al poder absorber la piel alienígena... hasta que la necesites.

FIN

Giras la llave y un rumor de frecuencia ascendente recorre toda la nave. El torpedo surge enseguida del vientre del Star Camelot y cruza rápidamente el poco espacio que le separa de la imagen del Amedrentador; pero resulta ser sólo eso: una imagen. El proyectil se introduce en la plataforma de asalto como si fuese una nube y desaparece. Luego, la falsa plataforma se deshace como una imagen de televisión que perdiese la señal. Los pedazos de chatarra de algo no mayor que un automóvil flotan donde nunca estuvo el Amedrentador Inmisericorde. En su lugar, ahora descubres una andanada de misiles aproximándose a gran velocidad.

Es demasiado tarde para una acción evasiva, y aunque ahora accionas la palanca que genera el escudo, varios proyectiles enemigos han traspasado el perímetro defensivo.

—Olvídalo. Ya es demasiado tarde. ¡Te engañaron con un holograma! Ponte el casco y salva tu vida.

Y así, el inigualable computador del Star Camelot acciona el único sistema que aún puede ser útil: el de eyección.

Apenas te colocas el casco, el asiento de mando (contigo sentado en él) desciende verticalmente unos metros hasta quedar encajado en una especie de tubo estrecho. Eso te da una pista sobre lo que va a ocurrir a continuación: con tal aceleración que casi pierdes el conocimiento, eres disparado hacia adelante. Una escotilla se abre al fondo revelando las estrellas, y a través de ella, sales al espacio justo a tiempo de cruzarte con los fatales proyectiles. Nada puedes hacer salvo desear estar suficientemente alejado de la inminente explosión.

Ningún sonido. Cuando el sillón gira lentamente, la enorme explosión entra en tu campo de visión. El Star Camelot ha sido destruido. Debiste confiar en su computador.

Por suerte, la eyección de supervivencia te ha enviado lejos del Amedrentador Inmisericorde.

Sueltas los cinturones de seguridad y abandonas el sillón de mando, pero entonces adviertes que hay un mensaje en la pantalla inferior del casco.

—Si miras bajo el asiento, estoy salvado.

Naturalmente lo haces, y encuentras un cilindro de metal. Tiene un asa, y algo grabado en la superficie:

Star Camelot
Copia de seguridad del computador.

¡Salvado! Nunca mejor dicho. Los archivos y conocimientos del Star Camelot aún podrían transferirse a otro ordenador, si Kaótico Phanegas no lo impide. Ahí viene otra vez con su maldita plataforma de asalto.

Tu cerebro envía la orden al casco, y éste, le dice a los propulsores gemelos que ya pueden ir zumbando.

Te alejas tanto como te es posible del Amedrentador Inmisericorde. Llevas bien sujeto el cilindro, pero los indicadores de energía impulsora están casi al mínimo. Tampoco la pistola tiene mucha carga, y estás agotado. Necesitas un milagro.

Miras atrás. La proa de la plataforma está muy cerca, y las ametralladoras frontales acaban de emerger de sus ranuras...

De repente, el Amedrentador Inmisericorde se escora violentamente. Parece como si algo lo hubiese golpeado, y ahora se agita como alguien a quien se le hubiese colado una piraña en los calzones. Varias cubiertas del fuselaje se desprenden. Chispas y pequeñas deflagraciones lo recorren por doquier.

Finalmente, dos orificios son abiertos en proa desde dentro, y por ellos surgen Ultranota y Ultrachica.

Los dos te miran y te muestran los pulgares señalando hacia arriba. Respondes al gesto del mismo modo y con más señas les indicas que estás casi sin energía. Ultrachica se acerca a ti para "remolcarte". Ultranota se despide con un gesto y acelera. No quiere perderse la final de béisbol. Ahora que está dentro del radio de tu campo de protección con atmósfera (aunque ella no lo necesita, ya que puede pasar horas sin respirar) Ultrachica puede hablarte.

—Los agentes de la FLIPAS vendrán por Phanegas. Buen trabajo, chaval.

—De eso nada. No fui capaz de cumplir una promesa, ni supe confiar en un buen amigo.

—¿Aprendiste la lección?

—Amargamente.

—¿Hay solución?

Alzas el cilindro y se lo muestras con esperanza.

—Entonces considérate afortunado y jamás olvides lo que has aprendido —añade.

Asientes con la cabeza. Desde luego podía haber sido peor. Pero sigues triste y decepcionado contigo mismo. Ella parece notarlo.

—Anímate, hombre. Te invito a tomar algo cuando lleguemos a la superficie.

—¿Podemos llevar primero el cilindro al cuartel general del Meta-Comando? —sugieres.

—Vaya. Eres un tipo responsable. De acuerdo.

Puede ser el principio de una buena amistad.

FIN

Con una fuerte patada arrancas la reja, y ésta cae detrás de Kaótico haciéndole olvidar su sed. Sales del conducto tan rápido como puedes, pero cuando llegas a la mesa, el cetro ya está en sus manos. Sabiendo que eres más fuerte, intentas arrebatárselo a lo bruto.

Seguramente no te hubiese costado trabajo hacerlo, pero cuando lo agarraste, Phanegas apretó un botoncito y la esfera de la parte superior te ha sacudido una intensa descarga de energía lanzándote al otro extremo de la estancia.

En el suelo, con el pecho dolorido y humeante, lamentas haberte precipitado. Puede que Kaótico Phanegas sea un pánfilo desastroso, pero no hay que olvidar que tiene a su disposición las creaciones del Doctor Perdición.

Casi incapaz de moverte, ves como los robots van a por ti preparando sus lanzallamas. Sin embargo, viéndote indefenso, Phanegas da una orden que curiosamente agradecerás.

—¡Cogedlo vivo! Quiero ese bichito del espacio.

Los robots cambian de táctica y te atrapan con los tentáculos eléctricos. Todo se vuelve oscuro.

Al despertar te rodean varios agentes de la FLIPAS (Federación Legislativa para la Intervención y Protección en Asuntos Supranormales) con sus impecables trajes negros. También está Amazing Amazon, con su melena rizada que parece desafiar la gravedad, y sus ropas de diosa griega.

Te explican que han detenido a Kaótico Phanegas, y que sin duda les has hecho ganar tiempo. Por desgracia, la criatura extraterrestre tardará en recuperarse, y parece que no pueden separarla de ti... ¿Es eso una mala noticia?

FIN

Lo tienes claro. Ni siquiera vas a esperar a que Phanegas asome. Desde donde estás, puedes ver el panel de mandos principal; apuntas y disparas.

El delgado rayo de luz roja traza un corte de un par de centímetros en la superficie grisácea. Phanegas se tira al suelo tapándose la cabeza con ambas manos. Al principio parece que nada va a ocurrir, luego surge un poco de humo, un par de chispas, y la nave empieza a escorarse de modo violento al son de la molesta señal de alarma.

Phanegas se arrastra por la cabina alejándose de donde supone que estás. Cuando se da cuenta, la plataforma ha girado tanto que gatea por el techo.

Te mantienes bien agarrado a la tubería para no quedar expuesto. Tu enemigo no sabe que estás sin munición, pero no quieres arriesgarte a que lo compruebe.

De repente, el peldaño que traba la escotilla cae, ésta se abre, y cuatro robots enredados en sus propias patas y tentáculos se precipitan dentro de la cabina. Aprovechando la oportunidad te lanzas por la escotilla, y no sin darte algunos golpes (lo peor se lo lleva por suerte el resistente casco) consigues alejarte por los pasillos de la nave.

No sabes muy bien cuánto tiempo llevas corriendo por los pasillos de la nave, pero la sensación progresiva de ingravidez confirma que estáis penetrando en el espacio. La nave parece haberse estabilizado un poco, aunque sus suaves devaneos con el rumbo indican que sigue a la deriva.

De repente ves algo que te alegra el día: ¡un simple enchufe! Apenas lo señalas para preguntar...

—Destapa la culata de la pistola. Encontrarás un enchufe maestro que se adapta a siete tipos diferentes de tomas de corriente.

En un momentito de nada compruebas que es cierto. La pistola comienza a recargarse rápidamente en cuanto la conectas provocando que las luces del pasillo pierdan fuerza y parpadeen. ¡Qué manera de absorber energía!

Para cuando escuchas llegar a los robots, el arma está a tope. Desenchufas, cierras la culata y apuntas hacia el recodo.

—Juguetitos a mí —exclamas relativamente confiado sabiendo que el estrecho corredor los obligará a aproximarse de uno en uno.

Esperas rodilla en suelo tratando de conservar la calma, y de repente... ¡Ahí están!

A esta distancia, el sistema de puntería del casco te recomienda ráfagas láser a la altura del tubo de unión entre las dos partes básicas de los robots (la arácnida inferior y la octópoda superior). Siguiendo la recomendación, lanzas un primer disparo. El éxito es absoluto; el primer robot queda cortado en dos mitades que se agitan inútilmente, pero parte del láser alcanza algo vital del segundo y se desploma con un siseo y un chorro de chispas. ¡Dos por uno!

El tercer robot te apunta, pero los tentáculos de su compañero que aún se agitan, malogran su puntería. Su disparo se estrella contra un mamparo ni tan siquiera próximo a ti; tu disparo repite el efecto salomónico: otras dos mitades inútiles.

Pero el cuarto robot ha tenido tiempo de afianzarse y apuntar, y el pasillo no ofrece muchas posibilidades para esquivar o guarecerse. Te dispones a tumbarte en el suelo para ofrecer el mínimo de posibilidades, pero entonces sucede algo notoriamente extraordinario: un femenino brazo con ajustada manga rosa atraviesa la pared del pasillo atrapando uno de los tentáculos del robot, da un poderoso tirón, y éste desaparece por el mismo boquete agrandándolo considerablemente.

Durante medio segundo no sucede nada, pero enseguida se escucha una serie de golpes y chirridos de metal violentamente deformado. Otro medio segundo de silencio y un casi irreconocible amasijo es arrojado de vuelta por el agujero al interior del pasillo.

Tus sospechas (y esperanzas) sobre la autoría de la proeza se confirman cuando Ultrachica entra también en el pasillo terminando de agrandar drásticamente el agujero, ya que ella no se molesta en agacharse o encorvase para entrar. Una vez dentro, te mira fijamente y sonríe torciendo un poco la cabeza.

—¿No eres un poco bajo para Defensor Estelar?

Jo, qué corte. Ahora comprendes lo que sintió Luke Skywalker cuanto entró en la celda de la princesa Leia.

—Bueno, yo en realidad no...

—Es broma, chaval. Cualquiera capaz de detener una plataforma de asalto del Doctor Perdición merece todo mi reconocimiento.

En ese mismo momento, Kaótico Phanegas irrumpe en el pasillo corriendo y esgrimiendo su cetro de control.

—Habéis acabado con todos mis robots pero no podréis con... El tropiezo con uno de los tentáculos metálicos que pueblan el suelo interrumpe su perorata. Phanegas cae de bruces y se golpea en la nariz con la cabeza de otro robot. El sonido del impacto no parece muy saludable.

—¡Ay! —exclama Phanegas comprobando aterrado que sangra por la nariz. Y a continuación añade entre lágrimas:— ¿Me puedo rendir ahora?

Mientras un extratojet de la FLIPAS acude para ocuparse del caso, Ultrachica y tú charláis en la cúpula de observación central a la luz de las estrellas.

—Vamos, tío, pídele ya el número de teléfono, ¿o es que quieres que te dicte los diálogos? A ver si al final vas a resultar más tímido de lo que… —al quitarte el casco cesan los consejos románticos.

—Vaya, si resulta que hay un chico debajo de ese chisme —dice Ultrachica sonriendo—. Cuando lleguen esos tardones de la FLIPAS, ¿me acompañarás a tomar un refresco en el Siegel Shuster Building?

En toda tu vida has estado más seguro al decir "sí".

FIN

Si no es a puñetazos será de otro modo, pero no te da la realísima gana de huir como un vulgar cobarde. Tomas tanto impulso como la distancia te permite y te arrojas de cabeza contra el robot más a mano. El golpe es tremendo. Ciertamente, la zona que te recubre la cabeza es más resistente que el resto, pero aún así, te sientes mareado y caes al suelo. Al apoyarte sobre las manos, la que está herida casi no te responde, y terminas medio tendido en el suelo. En tan mala postura, varios tentáculos hacen presa en ti, y antes de que puedas reaccionar te transmiten intensas descargas eléctricas...

Despiertas en un hospital, la vista tarda en aclararse. En la habitación hay un agente de la FLIPAS (Federación Legislativa para la Intervención y Protección en Asuntos Supranormales) con impecable indumentaria negra.

—Tus padres esperan fuera —empieza a explicarte— saben que estás bien y no debes preocuparte de nada.

Intentas responder algo, pero aún estás tan grogui que no te sale ni media palabra.

—Tómate tu tiempo. La extirpación de la criatura alienígena con la que formaste simbiosis te ha dejado extenuado. Es una pena que no pudiésemos salvarla, pero la distracción que ofreciste nos dio alguna ventaja frente a Kaótico Phanegas. Por desgracia, no pudimos evitar algunas bajas —añade ajustándose las gafas de sol, y tienes la impresión de que con ello intenta ocultar un triste recuerdo.

Y dicho esto, el agente deja una tarjeta sobre la mesita auxiliar que hay junto a tu cama y se dirige hacia la puerta.

—Llámanos si sientes algo extraño. No podemos descartar efectos secundarios —dice antes de marcharse.

FIN

Bien: llegar hasta el Star Camelot. Pensarlo o decirlo es muy fácil, pero...

—Estooo... ¿Y si vamos al Star Camelot?

—Déjame que lo compruebe: hay que tener en cuenta el peso... la energía... la resistencia del aire...

—¿Te estás haciendo el importante?

—Bueno, sí. Digo, no, no me estoy haciendo el importante. Puedes ir, pero yo "vivo" allí. ¿Y si no eres capaz de manejarte con esa plataforma de asalto?

—Tú me ayudarías, ¿no?

—Bien, pero sólo si prometes confiar en los datos que te suministre. Nadie conoce al Star Camelot como yo.

—Prometido.

—Bien, en ese caso prepárate para un impulso de escape.

—¿Y cómo me preparo?

—Concienciándote para no perder el conocimiento.

—¿Perder el...? ¡Espera!

Pero el Amedrentador Inmisericorde ya te está apuntando con sus dos ametralladoras frontales, así que el ordenador del Star Camelot no hace caso a tú última objeción. Sientes como si recibieras dos coces de mula torda en la espalda (de acuerdo, si nunca has recibido una coz de mula torda no hace falta que busques una. Imagina un violento empuje y será suficiente). El murmullo de los cohetes gemelos crece hasta ser un rugido que infunde respeto. De repente, dejas de notar el fuerte roce del aire. Un tenue resplandor a tu alrededor revela que has quedado envuelto en una especie de cápsula de protección, dentro de la que sin duda hay suficiente oxígeno para respirar.

Ahora imaginas para qué sirven esas pequeñas bombonas del cinturón. La temperatura, que de súbito había bajado considerablemente, se estabiliza a un nivel más confortable.

El azul del cielo se vuelve algo más oscuro, y poco a poco se va poblando de un creciente número de estrellas. Jamás imaginaste que se pudieran ver tantas. La sensación de peso ha empezado a disminuir.

—Atento. Orbitamos cerca del Star Camelot.

Buscas a tu alrededor, pero no consigues ver nada. Entonces adviertes que un círculo de estrellas deja de serlo al oscurecerse, plegarse, y ser recogido por una escotilla de la legendaria nave. El sistema de camuflaje ha sido tan efectivo que no la has visto hasta tenerla encima.

Durante unos instantes te maravillas ante la majestuosidad del bajel espacial. Su forma te recuerda vagamente a la de algún antiguo submarino de la Segunda Guerra Mundial, pero la abundancia de relieves decorativos le acerca más a la clásica imagen del Nautilus del Capitán Nemo. Incluso ves algunas estructuras reforzadas con lo que parecen grandes piezas de madera noble. El conjunto es de una elegancia y belleza insólitas.

—Preparado para atraque de emergencia.

—¿Y no podemos atracar por las buenas?

—Negativo. Mis sensores detectan al Amedrentador Inmisericorde acercándose a gran velocidad.

—¿Qué quieres decir con "mis"?

—Jovencito, a efectos prácticos yo soy el Star Camelot.

—Vaaale, vale.

Una pequeña escotilla se abre en el casco de la nave, y de ella surge una especie de esfera con tres cohetes conectada a un cable. Con precisos y cortos impulsos el cabo se te acerca hasta que la esfera queda al alcance de tus brazos.

—Agárrate bien. No hay tiempo para medidas de sujeción seguras.

En cuanto lo haces, el cable empieza a ser recogido con rapidez acercándote al Star Camelot. Poco a poco te das cuenta de que la escotilla no es pequeña, y de que el Star Camelot es más grande de lo que apreciaste en un principio. Cuando vienes a darte cuenta, ya estás dentro.

En el interior de la esclusa, la presurización se ejecuta rápidamente. La segunda escotilla se abre para permitirte entrar en el bajel. Desprovisto de gravedad por la rotación gravitatoria, descubres que las pasarelas y asas repartidas por toda la nave no son ornamentales.

—Sigue las luces azules que destellan. Te conducirán al puente de mando.

—¡A la orden!

Tardas poco en adaptarte al desplazamiento ingrávido. El truco está en usar brazos, manos, piernas, pies, codos, rodillas... y hasta las orejas si fuese posible. No es bueno tomar demasiado impulso, y conviene ignorar las náuseas que producen las tripas cuando dejan de saber qué está abajo y qué arriba.

Lamentas no poder detenerte a admirar el interior del Star Camelot. En parte, recuerda a una intrincada mansión del siglo XIX, llena de muebles de madera muy trabajada, alfombras y pinturas de diferentes estilos clásicos; pero cuando te das cuenta, la última de las luces azules ha dado lugar a una gran puerta ovalada. Ésta, dividida en dos mitades corredizas, ya está terminando de abrirse cuando llegas.

No hay nada con que comparar el puente de mandos del Star Camelot. La estancia es un elipsoide con una mitad cristalina adentrada en el espacio. Varias consolas de mandos de diferentes tamaños y formas surgen de todas partes sin respetar eje alguno.

Palancas, diales y pulsadores de aspecto antiguo, pero en excelente estado, recubren los paneles de broncíneo metal bruñido, y todo converge en un sillón de cuero con remates metálicos anclado por doquier a complejos amortiguadores hidráulicos.

—Jo, tío. Qué pasada.

—Deja de asombrarte y siéntate.

—¿Yo?

—¿Ves a alguien más con un trasero sentable?

—No, pero...

—Pues deja de preguntar pamplinas. Ponte los cinturones de seguridad y quítate el casco.

—Donde puedo dejar... —una especie de percha surge de lo que tal vez pudiese ser el techo deteniendo tu pregunta. Colocas en ella el casco comprobando que encaja a la perfección.

—Bien. Atiende a las pantallas.

—Se parecen a las del interior del casco.

—Ésa es la idea. Están diseñadas siguiendo los mismos patrones. El casco ha ido procesando tus preferencias de visión periférica y adaptando la distribución de las pantallas a ellas.

—Por eso me ha resultado cada vez más fácil leer la información.

—Por ello y por tu propia capacidad de adaptación. Ahora esas preferencias están siendo transmitidas a todos estos paneles y pantallas.

Apenas dicho, los instrumentos mencionados reorganizan sus posiciones. Algunos se alejan, otros se acercan; unos se separan y otros se juntan más. Varios giran o se inclinan ligeramente. Cuando el proceso finaliza, tienes la sensación de ser parte de la nave.

—¡Esto es geeenial!

—Enfrentarse a una plataforma de asalto construida por el Doctor Perdición no es genial. Puede costarnos la existencia a los dos.

Tragas saliva.

—Incluso si el piloto es Kaótico Phanegas.

Crees haber percibido cierta sorna en el tono del Star Camelot.

—Bien. Estoy preparado, ¿qué hacemos ahora?

—Esperar. El Amedrentador Inmisericorde fue la nave personal del Doctor Perdición. Desconozco algunas de sus especificaciones técnicas y trataré de recopilar información cuando establezcamos contacto.

—¿Y eso cuándo será?

Apenas lo mencionas, un zumbido llena el puente de mando. La intensidad de la luz disminuye; de ese modo, la información que de repente está inundando las pantallas, se vuelve más nítida.

Ahora estás rodeado de telemetrías, diagramas tácticos y esquemas técnicos; y lo increíble, es que tienes la sensación de comprender gran parte de toda esa información...

Y según parece, el enemigo se acerca muuuy deprisa. ¿Tanto? Oh, vamos, no puede ser. Inclinas un poco la cabeza para ver el espacio con tus propios ojos. ¿Esa pequeña estrella que se mueve podría ser...?

De repente, la "pequeña estrella" parece acercarse a velocidad disparatada, y apenas un segundo después, la proa del Amedrentador Inmisericorde llena casi todo tu campo de visión. Es un blanco seguro y nada indica que esté protegido o que vaya a atacar. De hecho, nada indica absolutamente nada. Sólo hay un rastro de un objeto relativamente pequeño cerca. Algo del tamaño de un satélite de comunicaciones. ¿Estarán fallando los sensores?

—¡Peligro inminente! ¡Alza los escudos!

¿Alzar los escudos cuando un buen torpedo no podría fallar? Tu dedo oscila entre la llave del tubo de misiles de corto alcance y la palanca que alzaría el escudo de partículas electromagnéticas. Parece tan fácil... Sin embargo, prometiste hacer caso a la información que te suministrase el Star Camelot.

¿Qué vas a hacer?

Una promesa es una promesa. Sea como sea levantarás los escudos, y para ello irás a la página 57.

Casi puedes sentir el aliento de Phanegas (Ag, sólo de pensarlo...). Puedes disparar ese misil yendo a la página 113 .

Dar un salto tan grande no te hace demasiada gracia. Decides plantar los pies sobre el casco de la plataforma, e intentar frenar. Las duras uñas alienígenas son de una gran ayuda. Sin embargo, la cubierta metálica de la nave no facilita las cosas. Eso sí, el chirrido resultante es espantoso y te da más dentera que rozar el palo de madera de un polo con los incisivos.

Pero el problema de fondo (de fondo del todo como no lo soluciones) es que chirriando y resbalando se te está acabando la nave, y ésta sobresale del edificio. Te inclinas hacia atrás aún más; tanto, que usas también las garras de las manos para ayudarte en la frenada. Jolines, si dos pies con sus respectivas garras ya formaban escándalo, sumando las de las manos parece el concierto en repelús mayor para tenedores arañando platos.

Los últimos metros vas arrastrando todo el cuerpo. Tu camiseta y las zapatillas, ya agujereadas por las garras, han quedado destrozadas; pero por fin te detienes. Tus piernas cuelgan del extremo de la nave. ¡Por poco!

Entonces reparas en el ogro. Se detuvo unos metros atrás, y está tan afectado por los chirridos que tiene ambos ojos guiñados, las piernas cruzadas, y la cabeza hundida entre los hombros. Caramba, nunca hubieras imaginado que tras esa pinta de bruto se escondiese cierta sensibilidad. Bien, eso al menos te da la oportunidad de levantarte y quitarte las ropas destrozadas que ya sólo te dificultan el movimiento. Sólo te quedas con el maltrecho pantalón y el cinturón, para poder llevar el cetro y tener las manos libres.

El ogro, recuperada la compostura, se lanza hacia ti levantando la enorme maza. No es muy rápido, y sus movimientos hacen tremendamente predecible que va a lanzar un golpe vertical. Simplemente, saltas unos metros hacia un lado, y evitas el golpe sin dificultad. Pero el mazazo se produce: un golpe demencial e inesperadamente potente que deforma una sección metálica combándola, hundiéndola, y haciendo saltar muchos remaches.

Al no encontrar ningún pedazo tuyo bajo su arma, el ogro se rasca la cabeza, frustrado. Es entonces cuando escuchas el sonido de un líquido derramándose, ves cables rotos... y chispazos.

Apenas has flexionado las piernas para salir corriendo cuando oyes el no menos identificable siseo del combustible inflamándose. Mientras estás dando la primera zancada, se produce la explosión.

Gran parte del fuselaje que estabas pisando ha salido proyectado hacia arriba arrastrándote y golpeándote en su trayectoria. Estás rodeado de violentas llamas que zumban y dan un calor espantoso. Sin tu nueva piel... Mejor ni pensarlo. Las llamas se van extinguiendo y los primeros trozos de chatarra rebotan sobre el asfalto, las aceras y los coches. Por suerte, la zona ha sido evacuada.

Irónicamente, caes sobre una furgoneta de control de plagas. El techo amortigua un poco el porrazo, y ahí quedas: mareado, chamuscado, con medio trasero en el interior de la furgoneta y contento de ver que el museo no ha sido afectado; pero la plataforma está para el arrastre. De sus restos cuelga el inmóvil ogro, que también debe haber tenido días mejores. El cetro sigue contigo.

—¿El nuevo Criatura Vigilante? No sé si felicitarte o llamarte aguafiestas —oyes una voz a tu lado—. No dejaste nada para mí. ¿Estás bien?

—Fenomenal —mientes a Amazing Amazon levantándote con dificultad, aunque sus enormes ojos grises, melena rizada y porte de diosa griega, te hacen sentir mejor.

FIN

—De acuerdo. Todo o nada. ¿Pero cómo conseguiremos que los tres torpedos impacten a la vez?

—Sólo tenemos un tubo de lanzamiento, así que los dos primeros torpedos tendrán que retrasar su impacto para coincidir con el tercero.

—Casi nada. ¿Algo más?

—Ya que lo preguntas… Convendría que el Amedrentador se quedase inmóvil, o de lo contrario será muy difícil sincronizar los impactos.

—¿Y no quieres un helado triple de chocolate con sirope de caramelo servido en copa?

—Sería difícil de preparar en gravedad cero, el procesador de alimentos se averió hace años, y suelo desconectar mi unidad de sarcasmo en momentos drásticos.

—De acuerdo. Pues acabo de tener una idea drástica.

Conectas y desconectas varias veces seguidas los impulsores de maniobra y los de crucero. Finalmente, los dejas apagados.

Kaótico Phanegas casi no puede creer en su suerte. El Star Camelot se ha quedado delante de sus lanzadores de torpedos, y ahora parece que ha sufrido una avería en el sistema impulsor.

—Je, je. Es momento de rematar la faena, pero antes me voy a dar el gustazo de reírme un rato —farfulla mientras conecta el sistema de comunicaciones.

En el puente de mando del Star Camelot recibes una petición de comunicación.

—¿Contesto?

—Para una buena transmisión de señal tendrá que detener sus impulsores.

—Qué caramba. Eso nos vendría de perlas, ¿no?

—Remarcadamente afirmativo.

Dicho y hecho, conectas el sistema de comunicaciones.

—¿Quería usted algo, señor Phanegas?

—Esteeee pueeees... ¿No queréis rendiros?

—¿Serviría de algo?

—Mmmmm la verdad es que no. Prefiero destruir, pero antes me apetecía chulear un poco.

—Capitán, ¿puedo comunicarle algo?

—¿Acaso tu ordenador no sabe que no debe interrumpir a los humanos? —Phanegas parece realmente molesto.

—Oh, no se ofenda, señor Phanegas. Es que había pedido tres cucuruchos de helado para suavizar la derrota. ¿Están ya preparados, ordenador?

—Cucuruchos de... ¡Oh! sí. Están listos para servir. La bandeja ya ha dejado de moverse.

—¿Creéis de verdad que os vais a burlar de mí en el momento de vuestra derrota? —vocifera Kaótico acalorándose.

—Más que burlarnos te estábamos entreteniendo mientras lanzábamos esos tres torpedos que ahora mismo están haciendo impacto. Con tanto grito y mosqueo, no has estado atento a tus instrumentos.

—¡Bah! Tres torpedos no lograrán penetrar mis defensas... ¿Eh? Pero qué está pasando con... —de repente todo se vuelve estática y la imagen se distorsiona por completo.

—Los escudos del Amedrentador acaban de caer. Estará inoperativo durante los próximos once segundos.

—Genial, sólo se nos ha olvidado un detalle.

—Soy todo micrófonos. ¿Cuál?

—Ya no tenemos más torpedos. Qué le vamos a arrojar ahora, ¿palabrotas?

—Comparada con el Amedrentador, esta nave es más lenta, tiene menos armamento y sus escudos son más débiles; pero hay algo en lo que somos superiores.

Kaótico Phanegas toquetea el panel de control sin obtener resultados. El bloqueo del ordenador persiste mientras la carga estática no termina de disiparse. Es entonces cuando advierte que algo ha eclipsado los rayos de Sol que segundos antes penetraba en el puente de mando; por ello, alza la cabeza para ver de qué se trata, y los ojos casi le saltan de la órbitas.

—¡Aaah! —grita Phanegas desatando su cinturón de seguridad y tratando de impulsarse para flotar hasta la escotilla de salida.

Pero ya es demasiado tarde. Desprovisto el Amedrentador Inmisericorde de los modernos escudos de energía, la mucho más sólida y resistente proa del Star Camelot penetra varios metros en su fuselaje destrozando todos los instrumentos de control. Phanegas sólo tiene una opción más cerca que la escotilla para salir a tiempo del puente de mandos...

—¡Funcionó! ¡Funcionó! ¡Funcionó! ¡Hemos ganado!

—Sí. Lástima que desconectase mis emuladores de emoción.

—No te preocupes, ya grito yo por los dos; pero... Oye, no me gustaría haber aplastado a Phanegas.

—Déjame que enfoque mis sensores... Oh, no te preocupes. Encontró un modo de adentrarse en la nave y está a salvo.

—¿Dónde?

—Conectaré mi emulador de sentido del humor antes de responder a eso. De acuerdo. Ya estoy preparado: Phanegas se tiró por el conducto para basura. Ahora esperará pacientemente a ser rescatado en el depósito de los desperdicios.

En el espacio, nadie más puede escuchar vuestras carcajadas.

FIN

¡Vive nuevas aventuras!

LABERINTO DE JUEGOS

IVÁN BABIANO

ISBN: 978-84-936726-0-7

¡Estás atrapado dentro del ordenador! Sin saber cómo ni por qué, una noche de tormenta te ves arrastrado al interior de un videojuego. Sólo superando retos como escapar de un comecocos gigante, pilotar una nave espacial o evitar ataques de magos y ninjas, podrás salir de este laberinto de mundos virtuales y volver a casa.

Pero ¿volverás solo?

¡Vive nuevas aventuras!

Títulos de la colección

Tú Decides la Aventura

Título	ISBN
1- Laberinto de juegos	978-84-936726-0-7
2- El talismán cósmico	978-84-936726-2-1
3- Cazadores de tesoros	978-84-936726-1-4
4- Cerca del Sol	978-84-936726-4-5
5- Perdidos en el tiempo	978-84-936726-5-2
6- La guarida de los monstruos	978-84-936726-6-9
7- Isla Pirata	978-84-936726-7-6
8- ¡Superhéroe por sorpresa!	978-84-937296-7-7
9- Misión bajo cero	978-84-937296-8-4